初中语文延展阅读丛书

告别白鸽

陈忠实 / 著　王源泉 / 批注

人民文学出版社　天天出版社

图书在版编目（CIP）数据

告别白鸽 / 陈忠实著；王源泉批注. -- 北京：天天出版社, 2025.2. -- (初中语文延展阅读丛书).
ISBN 978-7-5016-2428-7

Ⅰ. I217.2

中国国家版本馆CIP数据核字第2025UT2731号

责任编辑：王 薇 范景艳　　美术编辑：曲 蒙
责任印制：康远超 张 璞

出版发行：天天出版社有限责任公司
地　　址：北京市东城区东中街42号　　邮编：100027
市场部：010-64169002

印　刷：河北星强印刷有限公司　　经销：全国新华书店等
开　本：650×960　1/16　　　　　印张：11
版　次：2025年2月北京第1版　　印次：2025年2月第1次印刷
字　数：127千字

书　号：978-7-5016-2428-7　　　　定价：26.00元

版权所有·侵权必究
如有印装质量问题，请与本社市场部联系调换。

目 录

导读

散 文

第一次投稿 …………………………………… 002

又见鹭鸶 …………………………………… 009

别路遥 …………………………………… 014

晶莹的泪珠 …………………………………… 018

告别白鸽 …………………………………… 028

家之脉 …………………………………… 039

三九的雨 …………………………………… 043

在乌镇 …………………………………… 048

接通地脉 …………………………………… 053

两株玉兰树 …………………………………… 058

回家　回家 …………………………………… 064

小　说

害羞 ································· 070

李十三推磨 ······················· 095

桥 ····································· 115

第一刀 ······························ 139

蚕儿 ································· 155

导 读

在阅读中，寻找属于自己的句子

陈忠实，中国当代著名作家，1942年出生于陕西西安灞桥区西蒋村。他在那片广袤而厚重的黄土地上度过了自己的童年和青年时光，这段经历深刻地影响了他的文学创作。陈忠实的作品以其深刻的思想、浓郁的乡土气息和独特的艺术风格而备受赞誉。他的代表作《白鹿原》如一部宏伟的史诗，展现了中国近现代历史的波澜壮阔，深刻反映了民族的命运和人性的复杂。在这部作品中，陈忠实以细腻的笔触描绘了白鹿原上的家族纷争、爱情纠葛以及社会变革，塑造了众多鲜活的人物形象。

陈忠实曾言："寻找属于自己的句子，是作家的终生追求。"这句话不仅适用于他的长篇巨著《白鹿原》，在其散文作品和短篇小说中，我们同样能感受到他不断追寻独特表达、深刻内涵的努力。他的文章承载着他的人生感悟、对人性的洞察、对家乡的眷恋以及对文学的执着追求。

一、校园回忆，善良点亮青春

在陈忠实的校园回忆类散文中，从《第一次投稿》与《晶莹的泪珠》中，我们看到了青春岁月里善良的人所带来的温暖与成长。《第一次投稿》中，当时虽物质匮乏，作者却怀揣着对文学的炽热梦想。新语文老师的出现，如同黑暗中的一盏明灯。起初的误解虽然给作者带来了痛苦，但老师后来的转变、挑选作者的作文参赛，给予了他极大的鼓励与认可。这一过程展现了老师善良的一面，也让作者在困境中看到了希望，坚定了对文学的追求。《晶莹的泪珠》里，因贫困而面临休学的作者，得到了教务处老师的深切关怀。她努力为作者寻找解决办法，虽未能改变休学的结果，但她的善良如同一束光，照亮了作者艰难的学生时代。这些善良的人，成为作者青春岁月中的重要滋养，让他在现实困境与青春梦想的碰撞中，感受到了人性的美好。

二、自然与动物，白色意象体现生命诗意

《告别白鸽》和《又见鹭鸶》两篇散文以自然与动物为主题，营造出独特的审美意境。在《告别白鸽》一文中，白鸽承载着作者的情感与生命故事。白鸽既让作者陶醉于它们的美丽与纯洁，也因命运多舛，让作者深刻体会到生命的脆弱与无常。在《又见鹭鸶》中，那雪白的鹭鸶的身影，宛如大自然的精灵。作者对鹭鸶的描写细腻而生动，"两只雪白的鹭鸶就在那个弯头上踯躅，在那一片生机盎然的绿草中悠然漫步……脖颈迅捷地探入水中"，画面宁静而美好。曾经随处可见的鹭鸶如今变得罕见，引发了作者对生态环境变迁的深刻思考。同时，在中国传统文化中，鹭鸶常被赋予高雅、纯洁的象征意义，它的消失也让我们反思现代人与自然的和谐关系能否恢复。文章以《诗经》作结，余韵绵长。这两篇作品通过对自然与动物的描绘，让我们在欣赏美的同时，也思考着生态与生命的意义。

三、缅怀巨匠，传承文学精神

《别路遥》和《在乌镇》表达了作者对友人和文学巨匠的敬意与怀念。在《别路遥》一文中，路遥作为中国文学界的重要人物，他从贫困山村走出，用作品展现生活的苦难与奋斗，体现了民族坚强不屈的精神品质。他的突然离世，让作者悲痛不已。这篇文章既是对路遥个人的怀念，更是对那个时代文学精神的致敬。在《在乌镇》里，作者因茅盾先生出生在乌镇而拜访此地。茅盾故居承载着先生的成长记忆和文学成就，作者在参观过程中，流露出对茅盾先生的深深敬意。这两篇散文让我们看到了作者对文学前辈的尊重以及对文学传承的重视，激励着我们传承和发扬优秀的文学传统。

四、家乡情怀，沉静中的心灵归依

陈忠实的家乡情感类作品，如《家之脉》《三九的雨》《接通地脉》《两株玉兰树》和《回家 回家》，充满了对故土的深深眷恋。在这些作品中，"沉静"这一情感特质贯穿始终。《家之脉》通过家族几代人的教育经历，展现了家庭文化传承的沉静力量。从爷爷的毛笔字到父亲为孩子上学所做的努力，再到作者对孩子教育的关注，这种传承如潺潺溪流，在岁月中静静流淌，延续着家族的精神。在《三九的雨》中，作者站在村与村之间的台地上，回忆起人生与家乡的紧密联系。无论经历多少变迁，家乡始终是他心灵沉静的归宿。在《接通地脉》里，作者回到家乡种地，与土地亲密接触，感受到沉静的归属感，体会到生活的本真。《两株玉兰树》以玉兰树为线索，见证了家乡的变迁和作者内心的情感波动。玉兰树的沉静之美，象征着家乡的温暖与安宁。《回家 回家》则反复强调作者对回家的渴望，家乡的一草一木都给予他沉静的喜悦，让他在喧嚣的世界中找到心灵的港湾。

五、生活百态，人性洞察与社会思考

陈忠实的短篇小说深刻地展现了生活的百态。在《第一刀》《桥》《害羞》等作品中，我们看到了社会变革的复杂过程以及社会转型时期人性的挣扎。《第一刀》围绕生产队生产管理制度改革展开叙述，展现了从"大锅饭"到"包产到户"的转型过程。有人因循守旧，害怕改变；有人积极进取，追求进步，反映了社会变革中人性的适应性和能动性。《桥》以王林建桥收费为核心，呈现了从传统乡村互助模式向市场经济意识的转型，利益冲突引发了对人性善恶和社会道德的思考。《害羞》通过王老师卖冰棍儿的校园事件，反映了校园生活在经济利益冲击下的转型以及人性的变化。不同人物的态度和行为，凸显了在经济转型面前人性的复杂。《李十三推磨》以李十三的生活困境为背景，展现了个体艺术追求和坚韧人性。他在贫困中坚持戏剧创作，反映了人在困境中的精神寄托，也体现了艺术对人性的滋养。《蚕儿》以养蚕经历展现校园教育中的师生关系和成长感悟，探讨了不同教育理念对人格塑造的影响。

无论是对校园岁月的回忆、对自然与生命的思索、对文学巨匠的缅怀、对家乡的眷恋之情，还是对生活百态的洞察，都可以成为我们人生中的宝贵财富。陈忠实的作品，如同一座宝藏，等待着我们去挖掘、去品味。在这个过程中，我们或许也能像他一样，在文学的世界里寻找属于自己的句子，找到那些能够触动心灵、引发思考的话语和感悟。让我们在陈忠实的文学世界里继续探索，寻找属于自己的文学之美和人生智慧。

散文

第一次投稿

语言赏析

开篇作者就交代了自己是个连"衣食无忧"这个基本条件都只能勉强达成的人。

背着一周的粗粮馍馍，我从乡下跑到几十里远的城里去念书，一日三餐，都是开水泡馍，不见油星儿，顶奢侈的时候是买一点杂拌咸菜；穿衣自然更无从讲究了，从夏到冬，单棉衣裤以及鞋袜，全部出自母亲的双手，唯有冬来防寒的一顶单帽，是出自现代化纺织机械的棉布制品。在乡村读小学的时候，似乎于此并没有什么不大良好的感觉；现在面对穿着艳丽、别致的城市学生，我无法不"顾影自卑"。说实话，由此引起的心理压抑，甚至比难以下咽的粗粮以及单薄的棉衣遮御不住的寒冷更使我难以忍受。

内容理解

这组分句交代了"我"自卑的原因："我"从乡村走向城市，城乡差异造成了自己的不适应；步入青春期的"我"有着强烈的自尊，而自身的物质条件在与他人的对比中，无法满足自尊需求。

在这种处处使人感到困窘的生活里，我却喜欢文学了；而喜欢文学，在一般同学的眼睛里，往往是被看作极浪漫的人的极富浪漫色彩的事。

内容理解

物质条件匮乏导致"我"自尊不足，由"喜欢文学"而被同学认为浪漫这一精神条件"我"也无法满足。

这两个段落交代了"我"投稿的内在动机。

新来了一位语文老师，姓车，刚刚从师范学院毕业。第一次作文课，他让学生们自拟题目，想写什么就写什么。这是我以前所未遇过的新鲜事。我喜欢文学，却讨厌作文。诸如《我的家庭》《寒假（或暑假）里有意义的一件事》这些题目，从小学作到中学，我是越作越

告别白鸽

烦了，越作越找不出"有意义的一天"了。新来的车老师让我们想写什么就写什么，我有兴趣了，来劲了，就把过去写在小本上的两首诗翻出来，修改一番，抄到作文本上。我第一次感到了作文的兴趣而不再是活受罪。

我萌生了企盼，企盼尽快发回作文本来，我自以为那两首诗是杰出的，会震一下的。我的作文从来没有受过老师的表彰，更没有被当作范文在全班宣读的机会。我企盼有这样的一次机会，而且正朝我走来了。

车老师抱着厚厚一摞作文本走上讲台，我的心无端地慌跳起来。然而四十五分钟过去，要宣读的范文宣读了，甚至连某个同学作文里一两句生动的句子也被摘引出来表扬了，那些令人发笑的错句病句以及因为一个错别字而致使语句含义全变的笑料也被点出来，终究没有提及我的那两首诗，我的心里寂寒起来。离下课只剩下几分钟时，作文本发到我的手中。我迫不及待地翻看了车老师用红墨水写下的评语，倒有不少好话，而末尾却悬下一句："以后要自己独立写作。"

我愈想愈觉得不是味儿，愈觉不是味儿愈不能忍受。况且，车老师给我的作文没有打分！我觉得受了屈辱。我拒绝了同桌以及其他同学伸手要交换作文的要求。好容易挨到下课，我拿着作文本赶到车老师的房子门口，喊了一声："报告——"

获准进屋后，我看见车老师正在木架上的脸盆里洗手。他偏过头问："什么事？"

内容理解

创作本身的魅力是让人觉得有趣，这是作者从事创作的内在动力。

内容理解

追求别人的认可是作者一开始从事创作的外在动力。

内容理解

"我"对自己的作品即将被公开宣读充满期待，同时"我"似乎也体会到了某种不顺的预兆。

写作手法

从"企盼""慌跳"到"寂寒"，最后到"迫不及待"，作者通过一系列心理描写，完整而精确地呈现了自己的心理变化。

内容理解

这里的"屈辱"是因为自己的作品被老师认为并非原创。

003

我扬起作文本:"我想问问,你给我的评语是什么意思?"

车老师扔下毛巾,坐在椅子上,点燃一支烟,说:"那意思很明白。"

我把作文本摊开在桌子上,指着评语末尾的那句话:"这'要自己独立写作'我不明白,请你解释一下。"

"那意思很明白,就是要自己独立写作。"

"那……这诗不是我写的?是抄别人的?"

"我没有这样说。"

"可你的评语这样子写了!"

他冷峻地瞅着我。冷峻的眼里有自以为是的得意,也有对我的轻蔑的嘲弄,更混含着被冒犯了的愠怒。他喷出一口烟,终于下定决心说:"也可以这么看。"

我急了:"凭什么说我抄别人的?"

他冷静地说:"不需要凭证。"

我气得说不出话……

他悠悠抽烟:"我不要凭证就可以这样说。你不可能写出这样的诗歌……"

于是,我突然想到我的粗布衣裤的丑笨,想到我和那些上不起伙的乡村学生围蹲在开水龙头旁边时的窝囊,就凭这些瞧不起我吗?就凭这些判断我不能写出两首诗来吗?我失控了,一把从作文本上撕下那两首诗,再撕下他用红色墨水写下的评语。在朝他摔出去的一刹那,我看见一双震怒得可怕的眼睛。我的心猛烈一颤,

告别白鸽

就把那些字纸用双手一揉，塞到衣袋里去了，然后一转身，不辞而别。

我躺在集体宿舍的床板上，属于我的那一绺床板是光的，没有褥子也没有床单，唯一不可或缺的是头下枕着的这一卷被子，晚上，我是铺一半再盖一半。我已经做好了接受开除的思想准备。这样受罪的念书生活还要再加上屈辱，我已不再留恋。

晚自习开始了，我摊开了书本和作业本，却做不出一道习题来，捏着笔，盯着桌面，我不知做这些习题还有什么用。由于这件事，期末我的操行等级降到了"乙"。

打这以后，车老师的语文课上，我对于他的提问从不举手，他也不点我的名要我回答问题，校园里或校外碰见时，我就远远地避开。

又一次作文课，又一次自选作文。我写下一篇小说，名曰《桃园风波》，竟有三四千字，这是我平生写下的第一篇小说，取材于我们村子里果园入社时发生的一些事。随之又是作文评讲，车老师仍然没有提到我的作文，于好于劣都不曾提及，我心里的底火又死灰复燃。作文本发下来，揭到末尾的评语栏，连篇的好话竟然写下两页作文纸，最后的得分栏里，有一个神采飞扬的"5"字，在"5"字的右上方，又加了一个"+"号，这就是说，比满分还要满了！

既然有如此好的评语和"5+"的高分，为什么评讲

内容理解

这里的"屈辱"是作者认为老师因为他来自乡村且贫穷而瞧不起他。

此处和本文开头两段呼应。作者的自卑根本在于贫穷，而投身文学创作本是作者为自己找到的对抗自卑的方式，却被老师否认了。

写作手法

底火"死灰复燃"，"我"似乎要发怒了。然而两页纸的好话突然又让故事转折。"神采飞扬"虽然形容的是数字"5"，我们也可以想象车老师当时写下"5"的神情也是如此。作者通过情感密集的转折让故事紧凑，引人入胜。

005

内容理解

车老师是否因为"我"是乡下人而歧视我,文中并没有明确交代。我们都是被作者牵引着代入了中学时代作者的视角和猜想。

内容理解

此时的"我"之所以局促不安,大约是意识到了老师并没有因为自己的贫穷而瞧不起自己。

内容理解

"我"既为误会老师而羞愧,也为自己的作文能被语文组老师集体接受而激动。

内容理解

作家在一开始写作时,通常都有模仿对象。赵树理也写乡村题材,和作者的生活贴近,所以作者崇拜并模仿赵树理。

时不提我一句呢?他大约意识到小视"乡下人"的难堪了,我猜想,心里也就膨胀了愉悦和报复,这下该有凭证证明前头那场说不清的冤案了吧?

僵局继续着。

入冬后的第一场大雪是夜间降落的,校园里一片白。早操临时取消,改为扫雪,我们班清扫西边的篮球场,雪下竟是干燥的沙土。我正扫着,有人拍我的肩膀,一仰头,是车老师。他笑着。在我看来,他笑得很不自然。他说:"跟我到语文教研室去一下。"我心里疑虑重重,又有什么麻烦了?

走出篮球场,车老师的一只胳膊搭到我肩上了,我的心猛地一震,慌得手足无措了。那只胳膊从我的右肩绕过脖颈,就搂住我的左肩。这样一个超级亲昵友好的举动,顿然冰释了我心头的疑虑,却更使我局促不安。

走进教研室的门,里面坐着两位老师,一男一女。车老师说:"'二两壶''钱串子'来了。"两位老师看看我,哈哈笑了。我不知所以,脸上发烧。"二两壶"和"钱串子"是最近一次作文里我的又一篇小说的两个人物的绰号。我当时顶崇拜赵树理,他的小说的人物都有外号,极有趣,我总是记不住人物的名字而能记住外号。我也给我的人物用上外号了。

车老师从他的抽屉里取出我的作文本,告诉我,市里要搞中学生作文比赛,每个中学要选送两篇。本校已评选出两篇来,一篇是议论文,初三一位同学写的,另

告别白鸽

一篇就是我的作文《堤》了。

啊！真是大喜过望，我不知该说什么了。

"我已经把错别字改正了，有些句子也修改了。"车老师说，"你看看，修改得合适不合适？"说着又搂住我的肩头，搂得离他更近了，指着被他修改过的字句一一征询我的意见。我连忙点头，说修改得都很合适。其实，我连一句也没听清楚。

他说："你如果同意我的修改，就把它另外抄写一遍，周六以前交给我。"

我点点头，准备走了。

他又说："我想把这篇作品投给《延河》。你知道吗？《延河》杂志？我看你的字儿不太硬气，学习也忙，就由我来抄写投寄。"

我那时还不知道投稿，第一次听说了《延河》。多年以后，当我走进《延河》编辑部的大门深宅以及在《延河》上发表作品的时候，我都情不自禁地想到过车老师曾为我抄写投寄的第一篇稿。

这天傍晚，住宿的同学有的活跃在操场上，有的遛大街去了，教室里只有三五个死贪学习的女生。我破例坐在书桌前，摊开了作文本和车老师送给我的一沓稿纸，心里怎么也稳定不下来。我感到愧悔，想哭，却又说不清是什么情绪。

第二天的语文课，车老师的课前提问一提出，我就举起了左手，为了我的可憎的狭隘而举起了忏悔的

内容理解

这句对应上段的"大喜过望"。过于激动的我根本听不进老师的修改意见，"一句也没听清楚"很符合实际情况。

写作手法

作者通过精准的语言描写，反映出车老师对作者的关心与关注。

思想主题

这句话表达了感谢师恩和坚持文学梦想两个主题。每次回忆起车老师，都能激励"我"在文学道路上继续前行。

内容理解

"我"明白了世界不是城与乡、贫与富、自卑与自信的二元对立。来自乡村的、贫穷的、热爱文学且能创作好作品的特质是可以并存并为人所接受的。

007

手，向车老师投诚……他一眼就看见了，欣喜地指定我回答。我站起来后，却说不出话来，喉头哽塞了棉花似的。自动举手而又回答不出来，后排的同学哄笑起来。我窘急中又涌出眼泪来……

我上到初三时，转学了，暑假办理转学手续时，车老师探家尚未回校。后来，当我再探问车老师的所在时，只说早调回甘肃了。当我第一次在报刊上发表处女作的时候，我想到了车老师，应该寄一份报纸去，去慰藉被我冒犯过的那颗美好的心！当我的第一本小说集出版时，我在开着给朋友们赠书的名单时又想到车老师，终不得音讯，这债就依然拖欠着。

经过多少年的动乱，我的车老师不知尚在人间否？我却忘不了那淳厚的陇东口音……

1987年8月13日

内容理解

就像史铁生的作文获奖却无法给母亲看一样，作者始终有遗憾。车老师是启蒙者，能够给自己的启蒙者以反馈，该是多快乐的事。

语言赏析

此句与《阿长与山海经》中的最后一句"愿仁厚黑暗的地母啊，你的怀里永安她的魂灵"类似，能让读者强烈地感受到作者对思念对象的深切情意，余韵悠长。

又见鹭鸶

　　那是春天的一个惯常的傍晚,我沿着水边的沙滩漫不经意地散步。旱草和水草都已经蓬勃起来,河川里满眼都是盎然生机,野艾苦蒿薄荷和鱼腥草的气味混合着弥漫在空气里,风轻柔而又湿润。在桌椅间窝蜷了一天的四肢和绷紧的神经,渐渐舒展开来松弛开来。

　　绕过一道河石垒堆的防洪坝,我突然瞅见了鹭鸶,两只,当下竟不敢再挪动一步,生怕冲撞了它惊飞了它,便蹑手蹑脚悄悄默默在沙地上坐下来,压抑着冲到唇边的惊叹,哦!鹭鸶又飞回来了!

　　在顺流而下大约三十米外,河水从那儿朝南拐了个大弯儿,弯儿拐得不急不直随心所欲,便拐出一大片生动的绿洲,贴近水流的沙滩上水草尤其茂密。两只雪白的鹭鸶就在那个弯头上踯躅,在那一片生机盎然的绿草中悠然漫步;曲线优美得无与伦比的脖颈迅捷地探入水中,倏忽又在草丛里仰起头来;两条峭拔的长腿淹没在水里,举趾移步优然雅然;一会儿此前彼后,此左彼右,一会儿又此后彼前此右彼左;断定是一对儿没有雄尊雌卑或阴盛阳衰的纯粹感情维系的平等夫妻……

语言赏析

　　描写春天傍晚的河边,营造出一种生机勃勃、清新宜人的氛围,为鹭鸶的出现做铺垫,也暗示了曾经良好的生态环境。

语言赏析

　　作者运用优美的语言展现了鹭鸶的优雅、美丽和灵动,使读者能够感受到鹭鸶的独特魅力,进一步强化了作者对鹭鸶的喜爱之情。

　　结合后面《两株玉兰树》《告别白鸽》等文章,我们可以发现作者对白色有一种偏爱,体现出作者对纯净事物的审美偏好。

009

于是，小河的这一方便呈现出别开生面令人陶醉的风景，清澈透碧的河水哗哗吟唱着在河滩里蜿蜒，两个穿着艳丽的女子在对岸的水边倚石搓洗衣裳，三头紫红毛色的牛和一头乳毛嫩黄的牛犊在沙滩草地上吃草，三个放牛娃三对角坐在草地上玩扑克，蓝天上只有一缕游丝似的白云凝而不动，落日正渲染出即将告别时的热烈和辉煌……这些时常见惯的景致，全都因为一双鹭鸶的出现而生动起来。

不见鹭鸶，少说也有二十多年了。小时候在河里耍水在河边割草，鹭鸶就在头前或身后的浅水里，有时竟在草笼旁边停立；上学和下学涉过河水时，鹭鸶在头顶翩翩飞翔，我曾经妄想把一只鸽哨儿戴到它的尾毛上；大了时在稻田里插秧或是给稻畦里放水，鹭鸶又在稻田圪梁上悠然踱步，丝毫也不戒备我手中的铁锨……难得泯灭的永远鲜活的鹭鸶的倩影，现在就从心里扑飞出来，化成活泼的生灵在眼前的河湾里。

至今我也搞不清鹭鸶突然离去突然绝迹的因由，鸟类神秘的生活习性和生存选择难以揣摩。岂止鹭鸶这样的小河流域鸟类中的贵族，乡民们视作报喜的喜鹊也绝迹了，张着大翅盘旋在村庄上空窥伺母鸡的恶老鹰彻底销声匿迹了，连丑陋不堪猥琐笨拙的斑鸠也再不复现了，甚至连飞起来遮天蔽日的丧婆儿黑乌鸦都见不着一只，只有麻雀种族旺盛，村庄和田野处处都只能听到麻雀的叽叽喳喳。到底发生了什么灾变，使鸟类王国土崩

文章结构

此段插叙，通过回忆鹭鸶曾经在自己生活中的常见场景，与现在鹭鸶的稀少形成鲜明对比，引发读者对生态环境变化的思考，同时也表达了作者对过去美好时光的怀念。

内容理解

作者对鹭鸶消失的原因进行了多种猜测，人类的生产活动、文娱活动以及捕猎都导致了鹭鸶的消失。

瓦解灭族灭种留下一片大地静悄悄？

单说鹭鸶。许是水流逐年衰枯稻田消失绿地锐减，这鸟儿瞧不上越来越僵硬的小河川道了？许是乡民滥施化肥农药污染了流水也污浊了空气，鹭鸶感到窒息而逃逸了？许是沿河两岸频频敲打的庆贺"指示"发表的锣鼓和震天撼地的炮铳，使这喜欢悠闲的贵族阶级心惊肉跳恐惧不安，抑或是不屑于这一方地域上人类的愚蠢可笑拂尾而去？许是那些隐蔽在树后的猎手暗施的冷枪，击中了鹭鸶夫妻双方中的雌的或雄的，剩下的一个鳏夫或寡妇悲怆遁逃？

又见鹭鸶！又见鹭鸶！

落日已尽红霞隐退暮霭渐合。两只鹭鸶悠然腾起，翩然闪动着洁白的翅膀逐渐升高，没有顺河而下也没见逆流而上，偏是掠过小河朝北岸树木葱茏的村庄飞去了。我顿然悟觉，鹭鸶原是在村庄里的大树上筑巢育雏的。我的小学校所在的村庄面临河岸的一片白杨林子里，枝枝杈杈间竟有二十多个鹭鸶搭筑的窝巢，乡民们无论男女无论老幼引为荣耀视为吉祥。一只刚刚生出羽毛的雏儿掉到地上，竟然惊动了整个村庄的男女老少，合议着公推一位爬树利落的姑娘把它送回窝儿里。更不必担心伤害鹭鸶的事了，那是被视为作孽短寿的事。鹭鸶和人类同居一处无疑是一种天然和谐，是鸟类对人类善良天性的信赖和依傍。这两只鹭鸶飞到北岸的哪个村庄里去了呢？在谁家门前或屋后

语言赏析

四字成句，语言节奏回环往复，如诗如歌，恰如其分。

内容理解

鹭鸶与村庄的联系体现在人们视鹭鸶为吉祥，鹭鸶视人们为依傍上。作者告诉我们，在传统的乡土社会里，人与鹭鸶是和谐的。

的树上筑巢育雏呢，谁家有幸得此吉兆得此可贵的信赖情愫呢？

我便天天傍晚到河湾里来，等待鹭鸶。连续五六天，不见踪影，我才发现没有鹭鸶的小河黯然失色。我明白自己实际是在重演那个可笑的"守株待兔"的寓言故事，然而还是忍不住要来。鹭鸶的倩影太富于诱惑了。那姿容端的是一种仙骨神韵，一种优雅一种大度一种自然；起飞时悠然翩然，落水里也悠然翩然，看不出得意时的昂扬恣肆，也看不出失意下的气急败坏；即使在水里啄食小虫小虾青叶草芽儿，也不似鸡们鸭们雀们饿不及待的贪馋和贪婪相。二三十年不见鹭鸶，早已不存再见的期冀和奢望，一见便不能抑制和罢休。我随之改变守候而为寻找，隔天沿着河流朝下，隔天又溯流而上，竟是一周的寻寻觅觅而终不得见。

我又决定改变寻找的时间，于是舍弃了一个美好的出活儿的早晨，在黎明的熹微中沿着河水朝上走。大约走出五华里路程，河川骤然开阔起来，河对岸有一大片齐肩高的芦苇，临着流水的芦苇幼林边，那两只鹭鸶正在悠然漫步，刚出山顶的霞光把白色的羽毛染成霓虹。

哦！鹭鸶还在这小河川道里。

哦！鹭鸶对人类的信赖毕竟是可以重新建立的。

我在一块河石上悄然坐下来，隔水眺望那一对圣物，心头便涌出一首脍炙人口的诗歌来：

告别白鸽

蒹葭苍苍,
白露为霜。
所谓伊人,
在水一方。

1992年8月　西安

写作手法

　　作者在文章结尾引用《诗经》中的诗句,与前文所描绘的鹭鸶所处的河川环境相呼应,让读者沉浸在作者所描绘的人与自然和谐相处的情境之中,也与作者在寻找鹭鸶的过程中经历的期待、失落和再次惊喜的情感历程相呼应,使作者的情感表达更加深沉和细腻。此外,《诗经》也能引发读者对传统文化与自然生态关系的思考。

别路遥

写作手法

开篇作者直抒胸臆，让读者能够迅速感受到作者的情感，也为文章奠定了沉重而悲痛的基调，使读者沉浸在对路遥逝世的惋惜和缅怀之中。

我们不得不接受这样的事实，无论这个事实多么残酷以至至今仍不能被理智所接纳，这就是：

一颗璀璨的星从中国文学的天宇陨落了！

一颗智慧的头颅中止了异常活跃、异常深刻也异常痛苦的思维。

这是路遥。

他曾经是我们引以为自豪的文学大省里的一员主将，又是我们这个号称陕西作家群的群体中的小兄弟；他的猝然离队将使这个整齐的队列出现一个大位置的空缺，也使这个生机勃勃的群体呈现寂寞。当我们，比他小的小弟和比他年长点的大哥以及更多的关注他成长的文学前辈们看着他突然离队并为他送行，诸多痛楚因素中，最难以承受的是物伤其类的本能的悲哀。

路遥从中国西北的一个自然环境最恶劣也最贫穷的县的山村走出来，为中国当代文学的繁荣创造了绚烂的篇章。这不单是路遥个人的凯歌。它至少给我们以这样的启迪，我们这个民族所潜存的义无反顾的进取精神和旺盛而又强大的艺术创造力量，路遥已经形成开阔宏大

告别白鸽

的视野，深沉睿智的穿射历史和现实的思想，成就大事业者的强大的气魄，朝着创造的目标，实现创造理想时必备的坚韧不拔的意志和艰苦卓绝的耐力，充分显示出这个古老而又优秀的民族的最优秀的品质。

路遥热切地关注着生活演进的艰难的进程，热切地关注着整个民族摆脱沉疴复兴复壮的历史性变迁，以及由此而产生的巨大痛苦和巨大欢乐。路遥并不在意个人的有幸与不幸，得了或失了，甚至包括伴随着他的整个童年时期的饥饿在内的艰辛历程。这是作为一个深刻的作家的路遥与平庸文人的最本质区别。正是在这一点上，路遥才成为具有独立思维和艺术品格的路遥。

路遥短暂的"人生"历程中，躁动着炽烈的追求光明追求美好健全社会的愿望，他没有一味地沉默也不屑于呻吟，而是挤在同代人们中间又高瞻于他们之上，向整个社会和整个世界揭示这块古老土地上的青春男女的心灵的期待，因此而获得了无以计数的青春男女的欢呼和信赖。他走进他们心中。

路遥的精神世界是由普通劳动者构建的"平凡的世界"。他在中国当代作家中最能深刻地理解这个平凡世界里的人们对中国意味着什么。他本身就是这个平凡世界里并不特别经意而产生的一个，却成了这个世界人们的精神上的执言者。他的智慧集合了这个世界里的全部精华，又剔除了母胎带给他的所有腥秽，从而使他的精神一次又一次裂变和升华。他的情感却是与之无法剥离

写作手法

作者以平庸文人反衬路遥不在意个人得失，关注民族命运的伟大情怀。

的血肉情感。这样，我们才能破译长篇小说《平凡的世界》里那深刻的现代理性和动人心魄的真血真情。路遥在创造那些普通人生存形态的平凡世界里，不仅不能容忍任何对这个世界的过去和现在、历史和现实的解释的随意性，甚至连一句一词的描绘中的矫情娇气也绝不容忍。他有深切的感知和清醒的理智，以为那些随意的解释和矫情娇气的描绘，不过是作家自身心理不健全的表现，并不属于那个平凡世界里的人们。路遥因此获得了这个平凡世界里数以亿计的普通人的尊敬和崇拜，他沟通了这个世界里的人们和地球人类的情感。这是作为独立思维的作家路遥最难仿效的本领。

我们无以排解的悲痛发自最深切的惋惜。四十三岁，一个刚刚走向成熟的作家的死亡意味着什么。本来，我们完全可以自信地期待，属于路遥的真正辉煌的历程才刚刚开始。我们深沉的惋惜正是出自对一个文学大省、一个国家和民族的文学事业的无法弥补的损失。

一切已不能挽回于万一。所有期待即使是自信的有把握的，也都在五天前的那个早晨被彻底粉碎了。然而我们就路遥截止到一九九二年十一月十七日早晨八时二十分的整个生命历程来估价，完全可以说，他不仅是我们这个群体，在更广泛的中国当代青年作家中，也是相当出色相当杰出的一个。就生命的历程而言，路遥是短暂的；就生命的质量而言，路遥是辉煌的。能在如此短暂的生命历程中创造出如此辉煌如此有声有色的生命

语言赏析

作者将路遥生命的短暂与他所创造的辉煌成就进行对比，突出他能够取得如此巨大的成就是多么不容易和令人钦佩。

的高质量，路遥是无愧于他的整个人生的，无愧于哺育他的土地和人民的。

  以路遥的名义，陕西作协寄望于这个群体的每一个年轻或年长的弟兄，努力创造，为中国文学的全面繁荣而奋争。只是在奋争的同时，千万不可太马虎了自己，这肯定也是路遥的遗训。

  路遥同志，你走完了短暂而又光辉的"人生"之旅，愿你的灵魂在"平凡的世界"里的普通劳动者中间和他们赖以生存的土地上得到安息！

1992年11月21日

晶莹的泪珠

我手里捏着一张休学申请书朝教务处走着。

我要求休学一年。我写了一张要求休学的申请书。我在把书面申请交给班主任的同时，又口头申述了休学的因由，发觉口头申述因为穷而休学的理由比书面申述更加难堪。好在班主任对我口头和书面申述的同一因由表示理解，没有经历太多的询问便在申请书下边空白的地方签写了"同意该生休学一年"的意见，自然也签上了他的名字和时间。他随之让我等一等，就拿着我写的申请书出门去了，回来时那申请书上就增加了校长的一行签字，比班主任的字签得少自然也更简洁，只有"同意"二字，连姓名也简洁到只有一个姓，名字略去了。班主任对我说："你现在到教务处去办手续，开一张休学证书。"

我敲响了教务处的门板。获准以后便推开了门，一位年轻的女先生正伏在米黄色的办公桌上，手里握着长杆蘸水笔在一厚本表册上填写着什么，并不抬头。我知道开学报名时教务处最忙，忙就忙在许多要填写的各式表格上。我走到她的办公桌前鞠了一躬："老师，给我开一张休学证书。"然后就把那张签着班主任和校长姓名和

> **内容理解**
>
> 　　班主任没有询问太多，并非因为冷漠。在当时的环境下，学生因家庭经济困难而面临学业困境是较为常见的情况。班主任可能对这种情况有一定的了解，深知学生家庭在经济上的无奈和艰难，所以对"我"因贫困而提出的休学申请给予理解。

告别白鸽

他们意见的申请书递放到桌子上。

她抬起头来,诧异地瞅了我一眼,拎起我的申请书来看着,长杆蘸水笔还夹在指缝之间。她很快看完了,又专注地把目光留滞在纸页下端班主任签写的一行意见和校长更为简洁的意见上面,似乎两个人连姓名在内的十来个字的意见批示,看去比我大半页的申请书还要费时更多。她终于抬起头来问:

"就是你写的这些理由吗?"

"就是的。"

"不休学不行吗?"

"不行。"

"亲戚全都帮不上忙吗?"

"亲戚……也都穷。"

"可是……你休学一年,家里的经济状况也不见得能改变,一年后你怎么能保证复学呢?"

于是我就信心十足地告诉她我父亲的精确安排计划:待到明年我哥哥初中毕业,父亲谋划着让他投考师范学校,师范生的学杂费和伙食费全由国家供给,据说还发三块钱零花钱。那时候我就可以复学接着念初中了。我拿父亲的话给她解释,企图消除她对我能否复学的疑虑:"我伯伯说来,他只能供得住一个中学生;俺兄弟俩同时念中学,他供不住。"

我没有做更多的解释。我的爱面子的弱点早在此前已经形成。我不想再向任何人重复叙述我们家庭的困

文章结构

"我""信心十足"与后文"我也不以为休学一年有多么严重"相呼应。此时作者和父亲都不知道这休学的一年会引起连锁反应,改变作者的命运。

文章结构

插叙,本段和下一段交代了自己的家庭状况以及父亲卖树供孩子上学的情况。作者对于父亲让他休学导致他没上成大学这件事有着充分的理解,对父亲不但没有一丝抱怨,而且充满了敬意。

窘。父亲是个纯粹的农民，供着两个同时在中学念书的儿子。哥哥在距家四十多里远的县城中学，我在离家五十多里的西安一所新建的中学就读。在家里，我和哥哥可以合盖一条被子，破点旧点也关系不大。先是哥哥接着是我要离家到县城和省城的寄宿学校去念中学。每人就得有一套被褥行头，学费杂费伙食费和种种花销都空前增加了。实际上轮到我考上初中时已不再是考中秀才般的荣耀和喜庆，反而变成了一团浓厚的愁云忧雾笼罩在家室屋院的上空。我的行装已不能像哥哥那样有一套新被子新褥子和新床单，被简化到只能有一条旧被子卷成小卷儿背进城市里的学校。我的那一绺床板终日裸露着缝隙宽大的木质板面，晚上就把被子铺一半再盖上一半。我也不能像哥哥那样由父亲把一整袋面粉送交给学生灶，而只能是每周六回家来背一袋杂面馍馍到学校去，因为学校灶上的管理制度规定一律交麦子面，而我们家总是短缺麦子而苞谷面还算宽裕。这样的生活我并未意识到有什么不好，因为背馍上学的学生远远超过能搭得起灶的学生人数，每到三顿饭时，背馍的学生便在开水灶的一排供水龙头前排起五六列长队，把掰碎的各色馍块装进各自的大号搪瓷缸子里，用开水浸泡后，便三人一堆五人一伙围在乒乓球台的周围进餐，佐菜大都是花钱买的竹篓咸菜或家制的腌辣椒，说笑和争论的声浪甚至压倒了那些从灶房领取炒菜和热饭的"贵族阶层"。

告别白鸽

这样的念书生活终于难以为继。父亲供给两个中学生的经济支柱,一是卖粮,一是卖树,而我印象最深的还是卖树。父亲自青年时就喜欢栽树,我们家四五块滩地地头的灌渠渠沿上,是纯一色的生长最快的小叶杨树,稠密到不足一步就是一棵,粗的可作檩条,细的能当椽子。父亲卖树早已打破了先大后小先粗后细的普通法则,一切都是随买家的需要而定,需要檩条就任其选择粗的,需要椽子就让他们砍伐细的。所得的票子全都经由哥哥和我的手交给了学校,或是换来书籍课本和作业本以及哥哥的菜票我的开水费。树卖掉后,父亲便迫不及待地刨挖树根,指头粗细的毛根也不轻易舍弃,把树根劈成小块晒干,然后装到两只大竹条笼里挑起来去赶集,卖给集镇上那些饭馆药铺或供销社单位。一百斤劈柴的最高时价为一点五元,得来的块把钱也都经由上述的相同渠道花掉了。直到滩地上的小叶杨树在短短的三四年间全部砍伐一空,地下的树根也掏挖干净,渠岸上留下一排新插的白杨枝条或手腕粗细的小树……

我上完初一第一学期,寒假回到家中便预感到要发生重要变故了。新年佳节弥漫在整个村巷里的喜庆气氛与我父亲眉宇间的那种根深蒂固的忧虑形成强烈的反差,直到大年初一刚刚过去的当天晚上,父亲便说出来谋划已久的决策:"你得休一年学,一年。"他强调了一年这个时限。我没有感到太大的惊讶。在整个一个学期里,我渴盼星期六回家又惧怕星期六回家。我那年刚交

内容理解

树从此对于作者有了别样的意义。评论家李建军认为作者不管写什么树,写的都是一种精神,一种与他自己早年的坎坷经历、与他自己的生命息息相通的精神,即在困厄中活下去而且成长起来的坚强的生命意志和永不颓丧的精神。

十三岁，从未出过远门，而一旦出门便是五十多里远的陌生的城市，只有星期六才能回家一趟去背馍，且不要说一周里一天三顿开水泡馍所造成的对一碗面条的迫切渴望了。然而每个周六在吃罢一碗香喷喷的面条后便进入感情危机，我必须说出明天返校时要拿的钱数儿，一元班会费或五毛集体买理发工具的款项。我知道一根丈五长的椽子只能卖到一点五元钱，一丈长的椽子只有八角到一块的浮动区。我往往在提出要钱数目之前就折合出来这回要扛走父亲一根或两根椽子，或者是多少斤树根劈柴。我必须在周六晚上提前提出钱数，以便父亲可以从容地去借款。每当这时我就看见父亲顿时阴沉下来的脸色和眼神，同时，夹杂着短促的叹息。我便低了头或扭开脸不看父亲的脸。母亲的脸色同样忧愁，我似乎可以看；而父亲的脸眼一旦成了那种样子，我就不忍对看或者不敢对看。父亲生就的是一脸的豪壮气色，高眉骨大眼睛统直的高鼻梁和鼻翼两边很有力度的两道弯沟，忧愁蒙结在这样一张脸上似乎就不堪一睹……我曾经不止一次地产生过这样的念头，为什么一定要念中学呢？村子里不是有许多同龄伙伴没有考取初中仍然高高兴兴地给牛割草给灶里拾柴吗？我为什么要给父亲那张脸上周期性地制造忧愁呢……父亲接着就讲述了他得让哥哥一年后投考师范的谋略，然后可以供我复学念初中了。他怕影响一家人过年的兴头儿，所以压在心里直到过了初一才说出来。我说："休学。"父亲安慰我说："休学一年不要紧,你年龄小。"我也不以为休学一年有多么严重,因为同班的五十多名男女同学中有不少人都结过婚,既有孩子的爸爸,也有做了妈妈的,这在五十年代初并不奇怪,解放后才获得上学机会的乡村青年不限年龄。我是班里年龄最小个头最矮的一个,座位排在头一张课桌上。我轻松地说:"过一年个子长高了,我就不坐头排头一张桌子咧——上课扭得人脖子疼……"父亲依然无奈地说:

"钱的来路断咧!树卖完了——"

她放下夹在指缝间的木质长杆蘸水笔,合上一本很厚很长的登记簿,站起来说:"你等等,我就来。"我就坐在一张椅子上等待,总是止不住她出去干什么的猜想。过了一阵儿她回来了,情绪有些亢奋也有点激动,一坐到她的椅子上就说:"我去找校长了……"我明白了她的去处,似乎验证了我刚才的几种猜想中的一种,心里也怦然动了一下,她没有谈她找校长说了什么,也没有说校长给她说了什么。她现在双手扶在桌沿上低垂着眼,久久不说一句话。她轻轻舒了一口气,仰起头来时我就发现,亢奋的情绪已经隐退,温柔妩媚的气色渐渐回归到眼角和眉宇里来了,似乎有一缕淡淡的无能为力的无奈。

她又轻轻舒了口气,拉开抽屉取出一本公文本在桌子上翻开,从笔筒里抽出那支木杆蘸水笔,在墨水瓶里蘸上墨水后又停下手,问:"你家里就再想不下办法了?"我看着那双滋浮着忧郁气色的眼睛,忽然联想到

人物形象

她主动去找校长,虽然没有说明谈话内容,但从她的情绪变化可以看出她在为作者的事情努力,然而校长也无能为力。

内容理解

多年后,作者回忆这个改变他命运轨迹的事件,没有着笔于自己的不幸与悲哀,反而以教务处老师对他的关爱为锚点,展现了人性之真之善之美对于一个不幸的人具有多么强烈的抚慰作用。

姐姐的眼神。这种眼神足以使任何被痛苦折磨着的心平静下来,足以使任何被痛苦折磨得心力交瘁的灵魂得到抚慰,足以使人沉静地忍受痛苦和劫难而不至于沉沦。我突然意识到因为我的休学致使她心情不好这个最简单的推理。而在校长班主任和她中间,她恰好是最不应该产生这种心情的。她是教务处的一位年轻职员,平时就是在教务处做些抄抄写写的事,在黑板上写一些诸如打扫卫生的通知之类的事,我和她几乎没有说过话,甚至至今也记不住她的姓名。我便说:"老师,没关系。休学一年没啥关系,我年龄小。"她说:"白白耽搁一年多可惜!"随之又换了一种口吻说,"我知道你的名字也认得你。每个班前三名的学生我都认识。"我的心情突然灰暗起来而没有再开口。

她终于落笔填写了公文函,取出公章在下方盖了,又在切割线上盖上一枚合缝印章,吱吱吱撕下并不交给我,放在桌子上,然后把我的休学申请书抹上糨糊后贴在公文存根上。她做完这一切才重新拿起休学证书交给我说:"装好。明年复学时拿着来找我。"我把那张硬质纸印制的休学证书折叠了两番装进口袋。她从桌子那边绕过来,又从我的口袋里掏出来塞进我的书包里,说:"明年这阵儿你一定要来复学。"

我向她深深地鞠了躬就走出门去。我听到背后咣当一声闭门的声音,同时也听到一声"等等"。她拢了拢齐肩的整齐的头发朝我走来,和我并排在廊檐下的台阶上

告别白鸽

走着,两只手插在外套的口袋里。走过一个又一个窗户,走过一个又一个教室的前门和后门,校园里和教室里出出进进着男女同学,有的忙着去注册去交费,有的已经抱着一摞摞新课本新作业本走进教室,还有从校门口刚刚进来的背着被卷馍袋的迟来者。我忽然心情很不好受,在争取得到了休学证后心劲松了吗?我很不愿意看见同班同学的熟悉的脸孔,便低了头匆匆走起来,凭感觉可以知道她也加快了脚步,几乎和我同时走出学校大门。

学校门口又拥来一拨偏远地区的学生,熟悉的同学便连连问我:"你来得早!报过名了吧?"我含糊地笑笑就走过去了,想尽快远离正在迎接新学期的洋溢着欢跃气浪的学校大门。她又喊了一声"等等"。我停住脚步。她走过来拍了拍我的书包:"甭把休学证弄丢了。"我点点头。她这时才有一句安慰我的话:"我同意你的打算,休学一年不要紧,你年龄小。"

我抬头看她,猛然看见那双眼睫毛很长的眼眶里溢出泪水来,像雨雾中正在涨溢的湖水,泪珠在眼里打着旋儿,晶莹透亮。我瞬即垂下头避开目光。要是再在她的眼睛里多驻留一秒,我肯定就会号啕大哭。我低着头咬着嘴唇,脚下盲目地拨弄着一块碎瓦片来抑制情绪,感觉到有一股热辣辣的酸流从鼻腔倒灌进喉咙里去。我后来的整个生命历程中发生过多少这种酸水倒流的事,而倒流的渠道却是从十四岁刚来到的这个生命年轮上第一次疏通的。第一次疏通的倒流的酸水的渠道肯定狭

人物形象

女老师流泪是文章的情感高潮。她的泪水体现了她对作者休学的惋惜和对作者未来的担忧,也表现出了她善良和富有同情心的内心世界。作者看到老师的眼泪后的感动和抑制情绪的描写,非常细腻真实,读者可以感受到作者内心深处的震撼和感激之情。这种师生之间真挚的情感交流,使文章充满了温情和人性的光辉。

窄，承受不下那么多的酸水，因而还是有一小股从眼睛里冒出来，模糊了双眼，顺手就用袖头揩掉了。我终于仰起头鼓起劲儿说："老师……我走咧……"

她的手轻轻搭上我的肩头："记住，明年的今天来报到复学。"

我看见两滴晶莹的泪珠从眼睫毛上滑落下来，掉在脸鼻之间的谷地上，缓缓流过一段就在鼻翼两边挂住。我再一次虔诚地深深鞠躬，然后就转过身走掉了。

二十五年后，卖树卖树根（劈柴）供我念书的父亲在癌病弥留之际，对坐在他身边的我说："我有一件事对不住你……"

我惊讶得不知所措。

"我不该让你休那一年学！"

我浑身战栗，久久无言。我像被一吨烈性"梯恩梯"炸成碎块细末儿飞向天空，又似乎跌入千年冰窖而冻僵四肢冻僵躯体也冻僵了心脏。在我高中毕业名落孙山回到乡村的无边无际的彷徨苦闷中，我曾经猴急似的怨天尤人："全都倒霉在休那一年学……"我一九六二年毕业恰逢中国经济最困难的年月，高校招生任务大大缩小，我们班里剃了光头，四个班也仅仅只考取了一个个位数，而在上一年的毕业生里我们这所不属重点的学校也有百分之五十的学生考取了大学。我如果不是休学一年当是一九六一年毕业……父亲说："错过一年……让你错过了二十年……而今你还算熬出点名堂了……"

写作手法

这段插叙深化了文章的主题，使读者更深刻地体会到贫困对个人命运的影响，以及女老师的善良和关爱给作者带来的深远意义，同时也引发了对教育公平和社会现实的进一步思考。

告别白鸽

　　我感觉到炸飞的碎块细末儿又归结成了原来的我,冻僵的四肢自如了冻僵的躯体灵便了冻僵的心又嘡嘡嘡跳起来的时候,猛然想起休学出门时那位女老师溢满眼眶又流挂在鼻翼上的晶莹的泪珠儿。我对已经跨进黄泉路上半步的依然向我忏悔的父亲讲了那一串泪珠的经历,我称呼伯伯的父亲便安然合上了眼睛,喃喃地说:"可你……怎么……不早点给我……说这女先生哩……"

　　我今天终于把几近四十年前的这一段经历写出来的时候,对自己算是一种虔诚祈祷,当各种欲望膨胀成一股强大的浊流冲击所有大门窗户和每一个心扉的当今,我便企望自己如女老师那种泪珠的泪泉不致堵塞更不敢枯竭,那是滋养生命灵魂的泉源,也是滋润民族精神的泉源哦……

1993年11月22日　渭南

内容理解

"晶莹的泪珠"具有象征意义。女老师的泪珠象征着人性的善良、关怀和对学生的爱。它是在贫困和教育困境的背景下,温暖人性的体现。这颗泪珠不仅滋润了作者的心灵,也成为了作者心中滋养生命灵魂和民族精神的泉源,反映出善良和关爱在困难生活中的重要作用,同时也引发了读者对教育公平和社会现实的思考。

告别白鸽

> **文章结构**
>
> 文章以"白鸽"为主要线索,贯穿全文。从对白鸽的期待,到白鸽的到来、生活日常、遭遇不幸,再到最终的离去,作者的情感也随着白鸽的经历而变化。

　　老舅到家里来,话题总是离不开退休后的生活内容,谈到他还可以干翻扎麦地这种最重的农活儿,很自豪的神情;养着一只大奶羊,早晨起来挤下羊奶煮熟和孙子喝了,孙子去上学,他则牵着羊到坡地里去放牧,挺诱人的一种惬意的神色;说他还养着一群鸽子,到山坡上放羊时或每月进城领取退休金时,顺路都要放飞自己的鸽子。我禁不住问:"有白色的没有?纯白的?"

　　老舅当即明白了我的话意,不无遗憾地说:"有倒是有……只有一对。"随之又转换成愉悦的口吻,"白鸽马上就要下蛋了,到时候我把小白鸽给你捉来,就不怕它飞跑了。"老舅大约看出我的失望,继续解释说,"那一对老白鸽你养不住,咱们两家原上原下几里路,它一放开就飞回老窝里去了。"

　　我就等待着,并不焦急,从产卵到孵化再到幼鸽独立生存,差不多得两个月,急是没有用的。我那时正在远离城市的乡下故园里住着读书写作,大约七八年了,对那种纯粹的乡村情调和质朴到近乎平庸的生活,早已生出寂寞,尤其是陷入那部长篇小说的写作以来的三

告别白鸽

年。这三年里我似乎在穿越一条漫长的历史隧道，仍然看不到出口处的亮光，一种劳动过程之中尤其是每一次劳动中止之后的寂寞围裹着我，常常难以诉述难以排解。我想到能有一对白色的鸽子，心里便生出一缕温情一方圣洁。

出乎我意料的是，一周没过，舅舅又来了，而且捉来了一对白鸽。面对我的欣喜和惊讶之情，老舅说："我回去后想了，干脆让白鸽把蛋下到你这里，在你这里孵出小鸽，它就认你这儿为家唡。再说嘛，你一年到头闷在屋里看书呀写字呀，容易烦。我想到这一层就赶紧给你捉来了。"我看着老舅的那双洞达豁朗的眼睛，心不由怦然颤动起来。

我把那对白鸽接到手里时，发现老舅早已扎住了白鸽的几根羽毛，这样被细线捆扎的鸽子只能在房屋附近飞上飞下，而不会飞高飞远。老舅特别叮嘱说，一旦发现雌鸽产下蛋来，就立即解开它翅膀上被捆扎的羽毛，此时无须担心鸽子飞回老窝去，它离不开它的蛋。至于饲养技术，老舅不屑地说："只要每天早晨给它撒一把苞谷粒儿……"

我在祖居的已经完全破败的老屋的后墙上的土坯缝隙里，砸进了两根木棍子，架上一只硬质包装纸箱，纸箱的右下角剪开一个四方小洞，就把这对白鸽放进去了。这幢已无人居住的破落的老屋似乎从此获得了生气，我总是抑制不住对后墙上的那一对活泼泼的白鸽的

内容理解

作者写自己的寂寞，突出了白鸽对于他的情感寄托作用。白鸽的到来被赋予了缓解作者寂寞、带来温情和圣洁的意义。

关切之情，没遍没数儿地跑到后院里，轻轻地撒上一把玉米粒儿。起始，两只白鸽大约听到玉米粒儿落地时特异的声响，挤在纸箱四方洞口探头探脑，像是在辨别我投撒食物的举动是真诚的爱意抑或是诱饵？我于是走开，以便它们可以放心进食。

终于出现奇迹。那天早晨，一个美丽的乡村的早晨，我刚刚走出后门扬起右手的一瞬间，扑啦啦一声响，一只白鸽落在我的手臂上，迫不及待地抢夺手心里的玉米粒儿。接着又是扑啦啦一声响，另一只白鸽飞落到我的肩头，旋即又跳弹到手臂上，挤着抢着啄食我手心里的玉米粒儿。四只爪子掐进我的皮肉，有一种痒痒的刺疼。然而听着玉米粒儿从鸽子喉咙滚落下去的撞击的声响，竟然不忍心抖掉鸽子，似乎是一种早就期盼着的信赖终于到来。

又是一个堪称美丽的早晨，飞落到我手臂上啄食玉米粒儿的鸽子仅有一只，我随之发现，另外一只静静地卧在纸箱里产卵了。新生命即将诞生的欣喜和某种神秘感，立时就在我的心头漫溢开来。遵照老舅的经验之说，我当即剪除了捆扎鸽子羽毛的绳索，白鸽自由了，那只雌鸽继续钻进纸箱去孵蛋，而那只雄鸽，扑啦啦扑向天空去了。

终于听到了破壳出卵的幼鸽的细嫩的叫声。我站在后院里，先是发现了两只破碎的蛋壳，随之就听到从纸箱里传下来的细嫩的新生命的啼叫声。那声音细弱而又

文章结构

我与鸽子初步建立信任。

嫩气，如同初生婴儿无意识的本能的啼叫，又是那样令人动心动情。我几乎同时发现，两只白鸽轮番飞进飞出，每一只鸽子的每一次归巢，都使纸箱里欢闹起来，可以推想，父亲或母亲为它们捕捉回来了美味佳肴。

我便在写作的间隙里来到后院，写得拗手时到后院抽一支烟，那哺食的温情和欢乐的声浪会使人的心绪归于清澈和平静，然后重新回到摊着书稿的桌前；写得太顺时我也有意强迫自己停下笔来，到后院里抽一支雪茄，瞅着飞来又飞去的两只忙碌的白鸽，聆听那纸箱里日渐一日愈加喧腾的争夺食物的欢闹，于是我的情绪由亢奋渐渐归于冷静和清醒，自觉调整到最佳写作心态。

这一天，我再也按捺不住神秘的纸箱里小生命的诱惑，端来了木梯，自然是趁着两只白鸽外出采食的间隙。哦！那是两只多么丑陋的小鸽，硕大的脑袋光溜溜的，又长又粗的喙尤其难看，眼睛刚刚睁开，两只肉翅同样光秃秃的，它俩紧紧依偎在一起，静静地等待母亲或父亲归来哺食。我第一次看到了初生形态的鸽子，那丑陋的形态反而使我更急切地期盼蜕变和成长。

我便增加了对白鸽喂食的次数，由每天早晨的一次到早、午、晚三次。我想到白鸽每天从早到晚外出捕捉虫子，不仅活动量大大增加，自身的消耗也自然大大增加，而且把采来的最好的吃食都喂给幼鸽了。

说来挺怪的，我按自己每天三餐的时间给鸽子撒上三次玉米粒儿，然后坐在书桌前与我正在交缠着的作品

> **文章结构**
>
> "我"和白鸽进一步加深了情感联系。"我"在写作间隙聆听白鸽欢闹，使自己归于冷静和清醒，体现了白鸽对作者写作心态的调节作用，说明白鸽已经成为作者生活中不可或缺的一部分。

文章结构

白鸽的仪态给予了作者写作的灵感,与前文聆听白鸽可以调节心态一脉相承,反映出白鸽和作者的关系越来越亲近,作者越来越需要白鸽。

写作手法

白鸽因其外形洁白,被作者赋予了象征意义。此处的白鸽象征着纯洁与美好。

里的人物对话,心里竟有一种尤为沉静的感觉,白鸽哺育幼鸽的动人的情景,有形无形地渗透到我对作品人物的气性的把握和描述着的文字之中。

又是一个美丽的早晨,我在往地上撒下一把玉米粒儿的时候,两只白鸽先后飞下来,它们显然都瘦了,毛色也有点灰脏有点邋遢。我无意间往墙上的纸箱一瞅,两只幼鸽挤在四方洞口,以惊异稚气的眼睛瞅着正在地上啄食的父亲和母亲。那是怎样漂亮的两只幼鸽哟,雪白的羽毛,让人联想到刚刚挤出的牛乳。幼鸽终于长成了,所有可能发生的意外或不测的担心顿然化解了。

那是一个下午,我准备到河边上去散步,临走之前给白鸽撒一把玉米粒儿,算是晚餐。我打开后门,眼前一亮,后院的土围墙的墙头上,落栖着四只白色的鸽子,竟然给我一种白花花一大堆的错觉。两只老白鸽看见我就飞过来了,落在我的肩头,跳到手臂上抢啄玉米粒儿。我把玉米粒儿撒到地上,抖掉老白鸽,好专注欣赏墙头上那两只幼鸽。

两只幼鸽在墙头上转来转去,瞅瞅我又瞅瞅在地上啄食的老白鸽,胆怯的眼光如此显明,我不禁笑了。从脑袋到尾巴,一色纯白,没有一根杂毛,牛乳似的柔嫩的白色,像是天宫降临的仙女。是的,那种对世界对自然对人类的陌生和新奇而表现出的胆怯和羞涩,使人顿时生出诸多的联想:刚刚绽开的荷花,含珠带露的梨花,养在深山人未识的俏妹子……最美好最纯净最圣洁的比

告别白鸽

喻仍然不过是比喻，仍然不及幼鸽自身的本真之美。这种美如此生动，直叫我心灵震颤，甚至畏怯。是的，人可以直面威胁，可以蔑视阴谋，可以踩过肮脏的泥泞，可以对叽叽咕咕保持沉默，可以对丑恶闭上眼睛，然而在面对美的精灵时却是一种怯弱。

内容理解
这种"怯弱"源于作者对美好的珍视，作者担心美好被破坏、被玷污。

小白鸽和老白鸽在那幢破烂失修的房脊上亭亭玉立。这幢由家族的创业者修盖的房屋，经历了多少代人的更替而终于墙颓瓦朽了，四只白色的鸽子给这幢风烛残年的老房子平添了生机和灵气，以至幻化出家族兴旺时期的遥远的生气。

夕阳绚烂的光线投射过来，老白鸽和幼白鸽的羽毛红光闪耀。我扬起双手，拍出很响的掌声，激发它们飞翔。两只老白鸽先后起飞。小白鸽飞起来又落下去，似乎对自己能否翱翔蓝天缺乏自信，也许是第一次飞翔的胆怯。两只老白鸽就绕着房子飞过来旋过去，无疑是在鼓励它们的儿女勇敢地起飞。果然，两只小白鸽起飞了，翅膀扇打出啪啪啪的声响，跟着它们的父母彻底离开了屋脊，转眼就看不见了。

我走出屋院站在街道上，树木笼罩的村巷依然遮挡视线，我就走向村庄背靠的原坡，树木和房舍都在我眼底了。我的白鸽正从东边飞翔过来，沐浴着晚霞的橘红。沿着河水流动的方向，翼下是蜿蜒着的河流，如烟如带的杨柳，正在吐穗扬花的麦田。四只白鸽突然折转方向，向北飞去，那儿是骊山的南麓，那座不算太高的山以风景和温泉名扬历史和当今，烽火戏诸侯和捉蒋兵谏的故事就发生在我的对面。两代白鸽掠过气象万千的那一道道山岭，又折回来了，掠过河川，从我的头顶飞过，直飞上白鹿原顶更为开阔的天空。原坡是绿的，梯田和荒沟有麦子和青草覆盖，这是我的家园一年四季中最迷人最令我陶醉的季节，而今又有我养的四只白鸽在山原河川上空飞翔，这一刻，世界对我来说就是白鸽。

这一夜我失眠了，脑海里总是有两只白色的精灵在飞翔，早晨也就起来晚了。我猛然发现，屋脊上只有一双幼鸽。老白鸽呢？我不由得瞅瞄天空，不见踪迹，便想到它们大约是捕虫采食去了。直到乡村的早饭已过，仍然不见白鸽回归，我的心里竟然是惶惶不安。这当儿，舅父走进门来了。

"白鸽回老家了，天刚明时。"

我大为惊讶。昨天傍晚，老白鸽领着儿女初试翅膀飞上蓝天，今日一早就飞回舅舅家去了。这就是说，在它们来到我家产卵孵蛋哺育幼鸽的整整两个多月里，始终也没有忘记老家故巢，或者说整个两个多月孵化哺育幼鸽的行为本身就是为了回归。我被这生灵深深地感动了，也放心了。我舒了一口气："噢哟！回去了好。我还担心被鹰鹞抓去了呢！"

留下来的这两只白鸽的籍贯和出生地与我完全一致，我的家园也是它们的家园；它们更亲昵地甚至是随意地落到我的肩头和手臂，不单是为着抢啄玉米粒儿；

告别白鸽

我扬手发出手势,它们便心领神会从屋脊上起飞,在村庄、河川和原坡的上空,做出种种酣畅淋漓的飞行姿态,山岭、河川、村舍和古原似乎都舞蹈起来了。然而在我,却一次又一次地抑制不住发出吟诵:这才是属于我的白鸽!而那一对老白鸽嘛……毕竟是属于老舅的。我也因此有了一点点体验,你只能拥有你亲自培育的那一部分……

当我行走在历史烟云之中的一个又一个早晨和黄昏,当我陷入某种无端的无聊无端的孤独的时候,眼前忽然会掠过我的白鸽的倩影,淤积着历史尘埃的胸脯里便透进一股活风。

直到惨烈的那一瞬,至今依然感到手中的这支笔都在颤抖。那是秋天的一个夕阳灿烂的傍晚,河川和原坡被果实累累的玉米棉花谷子和各种豆类覆盖着,人们也被即将到来的丰盈的收获鼓舞着,村巷和田野里泛溢着愉快喜悦的声浪。我的白鸽从河川上空飞过来,在接近西边邻村的村树时,转过一个大弯儿,就贴着古原的北坡绕向东来。两只白鸽先后停止了扇动着的翅膀,做出一种平行滑动的姿态,恰如两张洁白的纸页飘悠在蓝天上。正当我忘情于最轻松最舒悦的欣赏之中,一只黑色的幽灵从原坡的哪个角落里斜冲过来,直扑白鸽。白鸽惊慌失措地启动翅膀重新疾飞,然而晚了,那只飞在头前的白鸽被黑色幽灵俘掠而去。我眼睁睁地瞅着头顶天空所骤然爆发的这一场弱肉强食、侵略者和被屠杀者的

> **内容理解**
>
> 白鸽在作者的生活中成为一种特殊的情感寄托。当作者处于历史的思考("行走在历史烟云之中")以及个人的无聊和孤独状态时,白鸽的倩影都能给他带来慰藉。这表明白鸽不仅仅是一种动物,更象征着作者内心深处对美好、温暖和活力的渴望。

搏杀……只觉眼前一片黑暗。当我再次眺望天空，唯见两根白色的羽毛飘然而落，我在坡地草丛中捡起，羽毛的根子上带着血痕，有一缕血腥气味。

侵略者是鹞子，这是家乡人的称谓，一种形体不大却十分凶残暴戾的鸟。

老屋屋脊上现在只有一只形单影孤的白鸽。它有时原地转圈，发出急切的连续不断的咕咕的叫声；有时飞起来又落下去，刚落下去又飞起来，似乎惊恐又似乎是焦躁不安；我无论怎样抛撒玉米粒儿，它都不屑一顾，更不像往昔那样落到我肩上来。它是那只雌鸽，被鹞子残杀的那只是雄鸽。它们是兄妹也是夫妻，它的悲伤和孤清就是双重的了。

过了好多日子，白鸽终于跳落到我的肩头，我的心头竟然一热，立即想到它终于接受了那惨烈的一幕，也接受了痛苦的现实而终于平静了。我把它握在手里，光滑洁白的羽毛使人产生一种神圣的崇拜。然而正是这一刻，我决定把它送给邻家一位同样喜欢鸽子的贤，他养着一大群杂色信鸽，却没有白鸽。让我的白鸽和他那一群鸽子合帮结伙，可能更有利生存；再者，我实在不忍心看见它在屋脊上的那种孤单。

它还比较快地与那一群杂色鸽子合群了。

我看见一群灰鸽子在村庄上空飞翔，一眼就能辨出那只雪白的鸽子，欣慰我的举措的成功。

贤有一天告诉我，那只白鸽产卵了。

内容理解

作者再次描写白鸽洁白的羽毛，在此象征着生命的脆弱与坚韧。鸽子弱小，沦为猎物。但活下来的鸽子经历了一段时间的适应后，接受了现实。这是人们经历苦难之后，继续勇敢生活的象征。

告别白鸽

贤过了好多天又告诉我，孵出了两只白底黑斑的幼鸽。

我出了一趟远门回来，贤告诉我，那只白鸽丢失了。我立即想到它可能又被鹞子抓去了。贤提出来把那对杂交的白底黑斑的鸽子送我。我谢绝了。

又过了一些日子，失掉我的两只白鸽的情感波澜已经平静，老屋也早已复归平静，对我已不再具任何新奇和诱惑。我在写作的间隙里，到前院浇花除草，后院都不再去了。这一天，我在书桌前继续文字的行程，窗外传来了咕咕咕的鸽子的叫声，便摔下笔，直奔后院。在那根久置未用的木头上，卧着一只白鸽。是我的白鸽。

我走过去，它一动不动。我捉起它来，它的一条腿受伤了，是用细绳子勒伤了的。残留的那段细绳深深地陷进肿胀的流着脓血的腿杆里，我的心里抽搐起来。我找到剪刀剪断了绳子，发觉那条腿实际已经勒断了，只有一缕尚未腐烂的皮连接着。它的羽毛变成灰黄，头上粘着污黑的垢甲，腹部黏结着干涸的鸽粪，翅膀上黑一坨灰一坨，整个儿污脏得难以让人握在手心了。

我自然想到，这只丢失归来的白鸽是被什么人捉去了，不是遭了鹞子？它被人用绳子拴着，给自家的孩子当玩物？或者连他以及什么人都可以摸摸玩玩的？白鸽弄得这样脏兮兮的，不知有多少脏手抚弄过它，却根本不管不顾被细绳勒断了的腿。我在那一刻突然想到，它还不如它的丈夫被鹞子扑杀的结局。

内容理解

因为白鸽象征纯洁，这只却被弄脏、弄伤，纯洁被玷污了，没有得到应有的"尊严"，所以作者认为它还不如被扑杀。

写作手法

就在一切似乎向着好的方向发展时，白鸽死了，文章戛然而止。白鸽为什么死了？当时作者是什么心情？作者又是如何处理死去的白鸽的？这些都没有交代，留给读者丰富的回味空间。

我在太阳下为它洗澡，把由脏手弄到它羽毛上的脏洗濯干净，又给它的腿伤敷了消炎药膏，盼它伤愈，盼它重新发出羽毛的白色。然而它死了，在第二天早晨，在它出生的后墙上的那只纸箱里……

1996年8月16日　西安

家之脉

女儿和女婿在墙壁上贴着几张识字图画，不满三岁的小外孙按图索文，给我表演：白菜、茄子、汽车、火车、解放军、农民……

一九五〇年春节过后的一天晚上，在那盏祖传的清油灯下，父亲把一支毛笔和一沓黄色仿纸交到我手里："你明日早起去上学。"我拔掉竹筒笔帽儿，是一撮黑里透黄的动物毛做成的笔头。父亲又说："你跟你哥合用一只砚台。"

我的三个孩子的上学日，是我们家的庆典日。在我看来，孩子走进学校的第一步，认识的第一个字，用铅笔写成的汉字第一画，才是孩子生命中光明的开启。他们从这一刻开始告别黑暗，走向智慧人类的途程。

我们家木楼上有一只破旧的大木箱，乱扔着一堆书。我看着那些发黄的纸页和一行行栗子大的字问父亲，"是你读过的书吗？"父亲说是他读过的，随之加重语气解释说，"那是你爷爷用毛笔抄写的。"我大为惊讶，原以为是石印的，毛笔字怎么会写得和我的课本上的字

文章结构

第二段中父亲交予的毛笔和仿纸象征着知识的传承和对未来的期望。在当时相对贫困的家庭环境中，它们代表着家族对教育的重视，是家之脉延续的开端。而第一段中，外孙给我表演按图索文，是家之脉延续的结果。作者抚今追昔，两个场景叠映，凸显家之脉绵远悠长。

一样规矩呢？父亲说，"你爷爷是先生，当先生先得写好字，字是人的门脸。"在我之前已谢世的爷爷会写一手好字，我最初的崇拜产生了。

父亲的毛笔字显然比不得爷爷，然而父亲会写字。大年三十的后晌，村人夹着一卷红纸走进院来，父亲磨墨、裁纸，为乡亲写好一副副新春对联，摊在明厅里的地上晾干。我瞅着那些大字不识一个的村人围观父亲舞笔弄墨的情景，隐隐感到了一种难以言说的自豪。

多年以后，我从城市躲回祖居的老屋，在准备和写作《白鹿原》的六年时间里，每到春节的前一天后晌，为村人继续写迎春对联。每当造房上大梁或办婚丧大事，村人就来找我写对联。这当儿我就想起父亲写春联的情景，也想到爷爷手抄给父亲的那一厚册课本。

我的儿女都读过大学，学历比我高了，更比我的父亲和爷爷高了（他们都没有任何文凭，我仅有高中毕业）。然而儿女唯一不及父辈和爷辈的便是写字，他们一律提不起毛笔来。村人们再不会夹着红纸走进我家屋院了。

礼拜五晚上一场大雪，足足下了一尺厚。第二天上课心里都在发慌，怎么回家去背馍呢？五十余里路程，步行，我十三岁。最后一节课上完，我走出教室门时就愣住了，父亲披一身一头的雪迎着我走过来，肩头扛着一口袋馍馍，笑吟吟地说：我给你把干粮送来了，这个

内容理解

父辈和爷辈重视毛笔字书写，并且在春节等节日为村民写春联，这是一种文化传统和技艺的传承。然而到了儿女这一代，他们不再具备这种能力，暗示着随着时代的变迁，一些传统文化技艺可能面临失传的困境。同时，村人们不来求字，也说明传统的文化习俗和人际交往方式逐渐淡化。

告别白鸽

星期你不要回家了，你走不动，雪太厚了……

二女儿因为误读俄语，补习只好赶到高陵县一所开设俄语班的中学去。每到周日下午，我用自行车带着女儿走七八里土路赶到汽车站，一同乘公共汽车到西安东郊的纺织城，再换乘通高陵县的公共汽车，看着女儿坐好位子随车而去，我再原路返回蒋村——正在写作《白》书的祖屋。<u>我没有劳累的感觉，反而感觉到了时代的进步和生活的幸福，比我父亲冒雪步行五十余里为我送干粮方便得多了。</u>

我不止一次劝告女儿和女婿，别太着急了，孩子三岁还不到，你教他认什么字嘛！他现在就应该吃饭、玩耍甚至捣蛋，才符合天性。女儿和女婿便说现在人对孩子智商如何如何开发，及至胎儿。我便把我赌上去：你爸爸八岁才上学识字，现在不光写小说当作家，写毛笔字偶尔还赚点润笔费哩！

父亲是一位地道的农民，比村子里的农民多了会写字会打算盘的本事，在下雨天不能下地劳作的空闲里，躺在祖屋的炕上读古典小说和秦腔戏本。他注重孩子念书学文化，他卖粮卖树卖柴，供给我和哥哥读中学，至今依然在家乡传为佳话。

我供给三个孩子上学的过程虽然也颇不轻松，然而比父亲当年的艰难却相去甚远。从私塾先生爷爷到我的孙儿这五代人中，<u>父亲是最艰难的。他已经没有了私塾</u>

内容理解

作者在体会到时代进步、感受到生活幸福的同时，也在和父亲当初冒雪送粮的行为对比中，更加深刻地认识到父亲的艰辛。

内容理解

特殊的时代背景造成了父亲身份的尴尬和境遇的艰难。

先生爷爷的地位和经济,而且作为一个农民也失去了对土地和牲畜的创造权利,而且心强气盛地要拼死供给两个儿子读书。他的耐劳他的勤俭他的耿直和左邻右舍的村人并无多大差别,他的文化意识才是我们家里最可称道的东西,却绝非书香门第之类。

这才是我们家几代人传承不断的脉。

1999年8月

> **思想主题**
>
> 这表明文化意识在家庭中是一种独特的、值得珍视的财富,它不依赖于家族的门第背景,而是通过个体的行为和价值观传承下来。作者的父亲、作者、作者的女儿和女婿在教育下一代的问题上,有着不同的条件、观念和做法,但重视教育、重视文化的传统保留了下来。

三九的雨

这是我村与邻村之间一片不大的空旷的台地。只有一畛地宽的平台南头开始起坡,就是白鹿原北坡根的基础了。平台往北下一道浅浅的坡塄,就是灞河河滩了。我脚下踏着的平台上的这条沙石大路,穿过一个个大大小小的村庄,通往西安。

天明时雨止歇了。天阴沉着,云并不浓厚,淡灰的颜色,估计一时半会儿挤拧不出雨水来。空气很清新,湿润润的,山坡上的麦子绿莹莹的,河川里的麦子也是莹莹的绿色。原坡上沟坎里枯干的荒草被雨浇成了褐黑色,却有一种湿润的柔软。河川北岸是骊山的南麓,清晰可辨一株树一道坡一条沟,直至山岭重叠的极处。四野宁静到令人耳朵自生出纤细的音响来。

前日落了雨。小雨。通常是开春三月才有的那种"随风潜入夜,润物细无声"的春雨。腊月初二(二〇〇二年一月十四日)下起,断断续续稀稀拉拉下到今天天明,让整个村子里的男女惊诧不已,该当滴水成冰冻破砖头的"三九"时月,居然是小雨缠绵。太过反常的天气给农人心里一种不祥的妖孽征候。这是我半生

文章结构

台地与乡村生活紧密相连,而"三九的雨"也与乡村的环境和生活有着千丝万缕的联系。第一段为下文探讨"三九的雨"对乡村、对"我"的意义以及所引发的思考奠定了基础。

文章结构

倒叙,写出了雨停之后的一片润泽。

语言赏析

此种情形恰如"蝉噪林愈静,鸟鸣山更幽"。

文章结构

此处才开始写下雨。

内容理解

三九的雨在农人心里是反常的、不祥的。结合上文作者关于雨后景色的描写,可推测出作者觉得此雨不错。

文章结构

作者由路谈到自己的人生经历和人生状态。

里仅见的一次"三九"的雨,以及不仅不冻反而松软如酥的土地。

我脚下这条颇为宽绰的沙石大路是一九七七年冬天动工拓宽的。与这条大路同时开工的是灞河河堤水利工程,由我任副总指挥具体实施的。那时,我完成这项家乡的水利工程的心态,与我后来写作长篇小说《白鹿原》时的心境基本类同,就是尽力做成一件事。

我第一次背着馍口袋从这条路走出村子走进西安的中学时,这条路大约也就一步宽,架子车是无法通行的。我背着一周的干粮走出村子时的心情是雀跃而又高涨的,然而也是完全模糊的。我只是想念书,想上城里的中学去念书,念书干什么等抱负之类的事,完全没有。我再三追寻记忆,充其量只会有当个工人之类的宏愿,而且这主要是父母供儿女上学的原始动机。在乡村人的眼睛里,挣工资吃商品粮的工人是世界上最幸福的人。我在初中二年级却喜欢文学了,这不仅大大出乎父母的意料,连我自己也感到奇怪。通常情况下,爱好文学是被视为浪漫而又富于诗意的事情,怎么会发生在一个穿粗布衣服吃开水泡馍的人身上呢?许多年后我把自己的这种现象归结为一根对文字敏感的神经——文学的兴趣由此而发端。书香门第以及会讲故事会唱歌谣的奶奶们的熏陶,只能对具备文字敏感的神经的儿孙起反应起作用,反之讲了也是白讲唱了也是白唱。

内容理解

结合《第一次投稿》看,作者再一次表明爱好文学与穿粗布衣服、吃开水泡馍的人是可以兼容的。

背着馍口袋出村夹着空口袋回村,在这条小路上走

告别白鸽

了十二年，我完成了高中学业。我记忆中最深的是十六岁那年遇到过狼。天微明时，我已走出村子五华里的一条深沟的顶头，做伴壮胆的父亲突然叫了一声"狼！"就在身旁不过二十步远的齐摆着谷穗的地边上，有一只狼。稍远一点，还有一只。我没有感觉到丝毫的害怕，尽管是我第一次看见这种吓人的动物；不是我胆大，而是身旁跟着父亲。我第一次感受父亲的力量和父亲的含义，就是面对两只成年狼的时候，竟然没有产生恐惧。我成了一个父亲的时候，又在这条几经拓宽的乡村公路上接送我的三个念书的孩子。我比父亲优裕的是有了一辆自行车，孩子后来也有了，比当年父亲步行送我要快捷多了。我和孩子再也没有遭遇狼的惊险故事。狼已经成为大家怀念的珍稀宝贝了。

我的一生其实都粘连在这条已经宽敞起来的沙石路上。我在专业创作之前的二十年基层农村工作里，没有离开这条路；我在取得专业创作条件之后的第一个决断，索性重新回到这条路起头的村子——我的老家。我窝在这里的本能的心理需求，就是想认真实现自己少年时代就发生的作家之梦。从一九八二年冬天得到专业写作的最佳生存状态到一九九三年春天写完《白》书，我在祖居的原下的老屋里写作和读书，整整十年。这应该是我最沉静最自在的十年。

我现在又回到原下祖居的老屋了。老屋是一种心理蕴藏。新房子在老房子原来的基础上盖成的，也是一种

> **内容理解**
>
> "这条几经拓宽的乡村公路"具有象征意义。它不仅是作者接送孩子的实际路径，更象征着生活的变迁和时代的进步。公路的拓宽暗示着社会在发展，生活条件在改善，同时也见证了作者从一个被照顾的孩子成长为一个承担家庭责任的父亲的人生历程。

> **文章结构**
>
> 此处交代了为什么要写路。路代表了"我"在家乡成长和为梦想奋斗的经历。

> **内容理解**
>
> 老屋里居住了世代家人，他们的音容笑貌、言谈举止都会伴随老屋而存于"我"的记忆之中。所以老屋是亲情的见证，也是家族精神的寄托。

内容理解

读欧美作家的我生活在当代，而祖辈代表着传统。当代与传统并不割裂，它们在作者身上统一。

语言赏析

作者在小院里感受到先辈们的生命痕迹，这种情感纽带将作者与家族先辈紧密相连，体现了作者对家族情感纽带的珍视。

文章结构

与文章开头呼应，作者站在村与邻村之间的土地上。

内容理解

"父亲"这个符号代表着乡土传统，代表着坚实的道德底线。我依然认同并遵守父亲的戒律——别把龌龊带回来。

心理因素吧。这个祖居的屋院只有我一个人住着。父亲和他的两个堂弟共居一院的时代早已终结了。父亲一辈的男人先后都已离开这个村子，在村庄后面白鹿原北坡的坡地上安息有年了。我住在这个过去三家共有的屋院里，可以想见其宽敞和清爽了。我在读着欧美那些作家的书页里，偶尔竟会显现出爷爷或父亲或叔父的脸孔来，且不止一次。夜深人静我坐在小院里看着月亮从东原移向西原的无边无际的静谧里，耳畔会传来一声两声沉重而又舒坦的呻吟。那是只有像牛马拽犁拉车一样劳作之后歇息下来的人才会发出的生命的呼唤。我在小小年纪的时候就接受着这种生命乐曲的反复熏陶，有父亲的，还有叔父的，有一位是祖父的。他们早已在原坡上化作泥土。他们在深夜熟睡时的呻吟萦绕在这个屋院里，依然在熏陶着我。

这是一个不可思议的冬天。我站在我村和邻村之间的旷野里。

从我第一次走出这个村子到城里念书的时候起，父亲和母亲每每送我出家门时的眼神，都给我一个永远不变的警示：怎么出去还怎么回来，不要把龌龊带回村子带回屋院。在我变换种种社会角色的几十年里，每逢周日回家，父亲迎接我的眼睛里仍然是那种神色，根本不在乎我干成了什么事干错了什么事，升了或降了，根本不在乎我比他实际上丰富得多的社会阅历和完全超出他的文化水平。那是作为一个父亲的独具禀赋的眼神，这

告别白鸽

个古老屋院的主宰者的不可侵扰的眼神，依然朝我警示着，别把龌龊带回这个屋院来。

北京丰台。我从大礼堂走出来。《西安晚报》记者王亚田第一个打来电话。选举刚刚结束。他问我当选中国作家协会副主席后首先想的是什么。我脱口而出："作为一个作家，应该始终把智慧投入写作。"

他又问："还有什么呢？"

我再答："自然还有责任和义务。"

我站在我村与邻村之间空旷的台地上，看"三九"的雨淋湿了的原坡和河川，绿莹莹的麦苗和褐黑色的柔软的荒草，从我身旁匆匆驶过的农用拖拉机和放学回家的娃娃。粘连在这条路上倚靠着原坡的我，获得的是沉静，自然不会在意"三九"的雨有什么祥与不祥的猜疑了。

2002年1月17日　原下

内容理解

作者有责任和义务捍卫优秀的文化传统。这也是传统的一部分。如果说"别把龌龊的东西带回来"是在消极层面谈人要有所不为，那么"有责任和义务"就是在积极层面谈"有所为"。

文章结构

首尾呼应。作者和其家族在这片土地上成长和奋斗，始终秉持着踏实本分、尽心做事的价值观。所以踏足土地，作者感觉沉静。因此反常的"三九"的雨，于作者而言也是乡土的一部分，没什么可猜疑的。

在乌镇

车溪河紧紧贴着两岸人家的墙根流淌。这一岸的正门,隔河对着那一岸的后门和后窗。河不宽,水量却充沛,人是无法涉水而过的,就有好多座拱起来的桥,把车溪河两岸的人家连接起来。这条河让我联想到人体的主动脉,镶嵌在这个古老镇子的躯体之中,无声无响地涌动着,也滋润着这一方古镇,竟然有一千余年了。

一千余年的古镇或村寨,无论在中国的南方或北方,其实都不会引起太多的惊奇,就我生活的渭河平原,许多村庄的历史可以追溯到公元纪年之前,推想南方也是如此,这个民族繁衍生息的历史太悠久了。我从遥远的关中赶到这里来,显然不是纯粹观光一个江南古镇的风情,而是因为中国现代文学的开拓者奠基者之一的茅盾先生,出生并成长在这里。这个镇叫乌镇。乌镇的茅盾和茅盾的乌镇,就一样萦绕于我的情感世界,几十年了。

我和朋友们先乘那种古老的小木船游了一通车溪河。船的尾部设一支既能划水又能导向的木桨。木桨用一颗圆头铜钉固定在后帮上,在摇船人的手中十分灵便

> **写作手法**
>
> 作者运用比喻的修辞手法,将车溪河比作人体的主动脉,形象地反映了它在乌镇的重要地位。

> **文章结构**
>
> 作者在此点出本文的写作动机——纪念茅盾先生。

告别白鸽

自如地翻摆着。正门对着河的那一排人家，大多保持着原有的古色古香的门楼，偶有几幅新式装潢的门面。对岸的那一排房屋，是十分随意因地制宜的后门和后窗，呈现着所有作为后部的凌乱与驳杂。从那些尚未关死的后门和后窗里，可以窥见室内墙壁的饰物，可以瞥见围着桌子把玩麻将的老头儿老太太，平静而又悠闲，似乎古老乌镇的老头儿老太太就应该是这个样子。我无法想象少年茅盾玩戏在这条河边时的景象是什么样子。

游览在车溪河上，我的思绪里便时隐时浮着先生和他的作品。周六下午放学回家的路，我总是选择沿着灞河而上的宽阔的河堤，这儿连骑自行车的人也难碰到，可以放心地边走边读了。我在那一段时日里集中阅读茅盾，《子夜》《蚀》《腐蚀》《多角关系》以及《林家铺子》等长中短篇小说。那时候正处于"三年困难"时期，教育主管部门在中学取消体育课的同时，也取消晚自习和各学科的作业，目的很单纯，保存学生因食物缺乏而有限的热量，说白了就是保命。我因此而获得了阅读小说的最好机遇。我已记不清因由和缘起，竟然在这段时日里把茅盾先生所出版的作品几乎全部通读了。躺在集体宿舍里读，隐蔽在灞河柳荫下读，周六回家沿着河堤一路读过去，作为一个偏爱着文学的中学生，没有任何企图去研究评价，浑然的感觉却是经久不泯的钦敬。四十余年后，我终于走到诞生这位巨匠的南方古镇来了，这镇叫乌镇。未进乌镇主街之前在车溪河的泛舟，恰如无

内容理解

成功的文学阅读通常都是在自主自愿的情况下发生的。作者在这段时间集中阅读了茅盾的多部作品，获取精神滋养，也凸显了茅盾作品对读者的吸引力和影响力。

意排定的如水般的思绪的酝酿和沉浮。

从车溪河的一座宽敞的石拱桥上过去，才进入乌镇，头一条东西走向的街巷叫观前街。茅盾故居就在这条街巷里。街巷石条铺地，洁净清爽。两边或高或矮或宽敞或窄狭的门面，挤挤挨挨不留间隙。令我感到奇异的是，所有面向街巷建筑的前檐的墙壁，几乎一律是用松木板镶嵌而成，而且一律不刷油漆，不涂饰料，不作装潢，裸露着松木木板的原本颜色，一圈一圈木纹丝路乃至一个个或大或小的树旋儿都清晰可辨。墙是木板墙，门是木板门，窗是可装可卸的木板窗扇。站在街巷里往前看去，尽是略为陈旧的米黄色木板壁垒，油然而生思古的朴拙。我便惊奇，这样原封不变的整个一个镇子的建筑如何保存得下来，五十多年来频仍的运动的劫难何以逃躲？

茅盾故居坐北朝南，宽大的门面，高耸的屋脊，当是观前街上最气魄的宅院之一。四开间砖木结构的楼房分为东西两院，都有前屋和后楼，中间是庭院。东院购置建造在先，称为老屋，后建的西院顺理成章被称为新屋。东西两院之间有一道隔墙，下有门道，上有楼梯沟通。在窄窄巴巴的小铺店小门面构成的建筑群里，茅盾故居就显示出大家富户的气派，即使今天我站在作为纪念馆的庭院里，依然能感受到当年家业兴旺的气象。

这个宅院的创业者和奠基者是茅盾的曾祖父。原也是乡村小户穷家的农民，却经商有道，在汉口发了财，便嘱茅盾的祖父在乌镇置地造屋，先东院后西院，遂成这幢完整气派的建筑。我在这里看到茅盾落生的那间屋子，倒也没有什么特殊的感觉，天才落生在任何一间屋子都是合宜的，也无关紧要。我更感兴趣的是那间家塾，内有三张至今仍油光锃亮的小方桌。茅盾就是在这间屋子的某一张桌子上铺开纸笔和书本的，一位中国新文学的大师开始了启蒙。他的老师是他的祖父沈砚耕和父亲沈永锡。家业富足以后首先就让子孙读书，是这个民族亘古不变的传统，南方是这样，我生活的关中也是这样。只有揭不开锅交不出学费和买不起笔墨纸砚，才忍心让孩子失学。茅盾的祖父和父亲在教着五岁的茅盾开始念书写字的时候，寄望自然是深厚至殷的。我想他们肯定没有料及这个在他们膝下一句一句背诵一笔一画练习着毛笔字的后人，后来会成为一个写作新小说的作家。

老屋后楼下层的一间作为客厅，茅盾的祖母曾在这间屋子里养蚕。据说少年茅盾曾参与搭手和祖母一起干。由此自然联想到我曾经在中学课本上学过的《春蚕》，文中那个因养蚕而破产的老通宝的痛苦脸色，至今依然存储在心底。我却顿然意识到养蚕专业户老通宝的破灭和绝望，茅盾在自家的深宅大院里是难能体验感受得到的。他少年时期的生活和读书，得益于这个宅院的创业者；他后来作为一个新文学的作家，眼睛和心灵却又投注到如曾祖父踏上商道之前的无以计数的日趋

内容理解

《春蚕》以老通宝的故事为蓝本，展现了普通农民在经济压迫下的悲惨生活，引发了读者对社会现实的关注和思考。这也体现了茅盾能跳出自己的阶级局限，关注并反映社会底层人民生活的可贵品质。

内容理解

作者认为在更宏观的民族层面上，共性可能更为突出，差异相对较小且难以把握其本质。

写作手法

把茅盾比作公鸡，强调了他作为作家的社会作用。公鸡的啼叫是对黎明的呼唤，象征着茅盾的作品对社会变革和进步的推动作用。他的作品揭示了社会现实，反映了普通人民的生活和期望，就像公鸡的啼叫预示着新的一天的到来，给人们带来希望和启示。

凋敝的老通宝们的茅屋小院里去了。于今想起在中学课堂上学习《春蚕》时的感觉，竟然没有因为老通宝是一个南方的蚕农而陌生而隔膜，与我生活的关中地区的粮农棉农菜农在那个年代的遭际也没有什么不同。这种感觉对我一直影响到现在，不大关注一方地域的小文化色彩。一个儒家学说，又在同一个历史进程中颠簸着的同一个民族，要寻找心理秩序和心理结构的本质性差异，是难得结果的。

从故居出来，站在观前街上，再回头观瞻这幢宅院，脑海里倏忽跳出了破旧的蛋壳，曾经诞生过一只公鸡的蛋壳。追寻这只蛋壳为什么会生出这样一只伟大的公鸡是没有答案的，其意义也几近于无。于这只公鸡来说，那对于黎明近乎本能的呼唤啼叫，才是中国南方也是北方无以计数的老通宝们的期待……

2002年11月4日　原下

接通地脉

约略记得那是麦收后抢时播种玉米的最紧火的时节,年轻的村长捎着铁锨走进我的院子,高挽到膝盖的裤管下是沾着泥水的赤脚。我让座。他不坐,连肩头的铁锨也不放下来,一副急不可待的架势,倒是不拒绝我递给他的一支烟。他说,你去把场塄下那二分地种上苞谷,到时候娃们也有嫩苞谷穗儿吃嘛!

我一时竟然很感动,却有点犹豫。我在两年前调入省作协当上专业作家,妻子和孩子的户籍也随之从乡村转入城市,刚刚分到手且收获过一料麦子的责任田,又统统交回村委会重新分配给其他村民了。专业作家对我至关重要的含义,就是可以由我支配自己的时间和生命行程了。几乎就在那一年,我索性决定从城镇回归乡村老家。我在祖居的屋院里读中国新时期文学一浪高过一浪的小说,读着刚刚翻译过来的陌生的世界名著,也写着我的小说,是一个不再依赖土地丰歉生存着的乡村人了。村里的乡亲有人送来一把春天的头一茬韭菜、几个刚刚孕肥的嫩苞谷穗子、一篮沾着湿土的红苕,常常引发我内心的微妙感慨,过去我曾拿着这些东西送给西安城里的朋友,现在我

内容理解

上文交代了"我"的户籍转入城市,这里交代"我"从精神和物质两方面都不再依赖乡村了,下文又提及"我"和这块土地的关系割断了,说明作者虽然与乡村有空间交集,但是他已经成为住在村里的"城市人"。

自己反倒成为接受者了。我在接过一把韭菜一篮红苕几个嫩苞谷穗子的时候，分明意识到我和这块土地依存的关系割断了，尽管还住在祖居的老屋里，尽管出出进进还踩踏着这方土地，却无法改变心底那一缕隐隐的空虚的发生。我对村长好心好意的提议之所以犹疑不定，是因为我已无资格耕种哪怕巴掌大一块土地了。

村长显然早已揣透了我的顾虑，解释说，村口场塄下这一畛子地，猪拱鸡刨，你交回的那二分地分给谁谁都不要，这几年都荒着，你种点苞谷谁也没意见……说罢转身出门去了。

我便种上了苞谷。这二分地在村子东头的场塄下。当年的新一茬的蒿草正长到旺盛时，比我还高出半头。我丢剥了长袖衣和长裤，握一把磨得锋利的草镰，把蒿草齐摆摆砍掉割尽，再用镢头把庞大的根系一一刨挖出来。因为天旱土壤干硬，也因为几年荒芜土质板结，牛拽的犁铧开掘不动，只能用双刺镢头开挖，再把大块硬土敲碎，点种下苞谷种子。大约整整干了三天，案头正在写作的小说或散文全部撒下，连钢笔也没有扭开，手掌上的血泡儿用纱布缠了几层，仍有血丝渗出来。又过了几天，于夕阳沉落西原的傍晚，我在湿漉漉的地皮上看见一根根刚冒出来的嫩黄的旋管状的苞谷苗子时，心底发生了好一阵响动。<u>我坐在被太阳晒得温热的土塄上，感觉到与脚下这块被许多祖宗耕种过的土地的地脉接通了，我周身的血脉似乎顿然间都畅流起来了。</u>

文章结构

这句承接上文作者对耕种土地过程的描述，包括清理蒿草、刨挖根系、点种玉米等一系列艰辛的劳作。这些劳作是作者与土地建立联系的过程，而"我周身的血脉似乎顿然间都畅流起来了"则是在劳作之后，身体和情感上对土地的一种回应，作者激活了自己的乡人属性。这句话也为下文作者在土地上继续劳作、享受收获以及获得精神上的满足等内容做了铺垫。

告别白鸽

我在这二分地里间苗定苗，锄草施肥。三伏的大旱时节，村长便安排村民开动抽水机灌溉，轮到我的地头的时候，我便脱了鞋子，用铁锨挖开灌渠的口子把水放进地里，双脚踩着沁人肌肤的井水，让每一株苞谷都浇灌得足饱。眼瞅着苞谷拔节了，冒出天花和红缨来，绿色的苞谷穗子日渐肥大起来，剥开一条缝儿，已经孕出白色的一排排颗粒，用指甲轻轻掐一下，牛奶似的稠汁迸溅到我脸上。我掰下一篮，剥去绿色的皮壳，等待周末从寄宿中学回家的女儿，那是作为一个父亲最温馨的等待时刻。

我后来在这二分地里种过洋芋（土豆），收获的果实堆在屋角，有亲友来家，便作为礼物相送。也种过白菜和萝卜，不知是技术不得要领，还是种子不好，那白菜只长菜叶不包心，只能窝泡酸菜；萝卜又瓷又硬，熬煮勉强可食，生吃很不是滋味。只有栽种大葱大获成功，许是我勤于松土，那葱长得又粗又高，葱白尤其多，做料子菜自不必说，剥了皮生吃也很香甜，我常常是一口馍一口生葱吃得酣畅淋漓。我在务这二分地里的庄稼和蔬菜的劳动中，渐渐稀少了到河堤散步的习惯，或者说替代了。我在一天的阅读或写作之后，傍晚时分习惯到灞河边上散步，活动一下在桌椅间窝蜷了一天的腰和腿。河堤内侧的滩地里是汗流浃背忙于做事的男人和女人，河堤外侧的沙滩上是割草放羊的孩子，我往往在那种环境里感到不自在，很难生出古典和现代才子们赏山阅水的情致来。现在，当我在那二分地里为苞谷除草或

人物形象

"我"不是一个超脱于生活的、只追求审美情致的人，而是一个追求真实生活感受的人。

> 人物形象
>
> 作者表示自己是农民作家，没有切断与土地的联系。

为大葱培壅黄土的时候，满脸汗水满手土屑，猛不防会有一个我能闻声辨人的人发出的声音："还是把式喀！"然后就在地头坐下来，或者他抽我递给他的雪茄，或者我抽他的旱烟，然后说他儿子或女儿遇着什么难事了，需得我去帮忙交涉，我比他的"面子"大哇……我往往在那种时刻，比之在河堤上散步时的感觉稍好。

> 内容理解
>
> 作者没有因为自己的作家身份而脱离真实的农民生活。相反，他关注着、体会着、提炼着、描绘着真实的农村图景，反映着那些人的幸福与挣扎。

这几年间，大概是我写作生涯中最出活的一段时光，无论是中篇《蓝袍先生》《四妹子》《地窖》等，以及许多短篇小说，还有费时四年的长篇《白鹿原》，我在书案上追逐着一个个男女的心灵，屏气凝神专注无杂，然后于傍晚到二分地里来挥镢把锄，再把那些缠绕在我心中的蓝袍先生、四妹子、白嘉轩、田小娥、鹿子霖、黑娃们彻底排除出去，赢得心底和脑际的清爽。只有专注的体力劳作，成为我排解那些正在刻意描写的人物的有效举措之一，才能保证晚上平静入眠，也就保证了第二天清晨能进入有效的写作。这真是一种无意间找到的调节方式，对我却完全实用。无论在书桌的稿纸上涂抹，无论在二分地里务弄苞谷蔬菜，这种调节方式的科学性能有几何？对我却是实用而又实惠的方式。我尽管朝夕都生活在南原（白鹿原）的北坡根下，却从来没有陶渊明采菊时的悠然，白嘉轩们的欢乐和痛苦同样折腾得我彻夜失眠，小娥被阿公鹿三从背后捅进削标利刃时回头的一声惨叫，令我眼前一黑钢笔颤抖……我在二分地的苞谷苗间大葱行间重归沉静。

> 内容理解
>
> 结合《三九的雨》，这种回归大地、通过劳作获得收获的方式，总能使作者获得沉静。

告别白鸽

记不清是哪一年了，陕北榆林一位青年诗人送我一小袋扁豆，这是夏天喝稀饭的好作料。因为产量太低，扁豆在关中地区早都绝种了。我倍加珍惜的一个缘由，是我生在三伏，又缺奶，母亲用白面熬煮的扁豆喂活了我。直到我的孩子已经念大学的时候，母亲往往面对牛奶面包而引发出扁豆救命的老话。我在重新品尝救命的扁豆稀饭之后，留下一部分种子，当年秋天种到我的二分地里，长出苗儿来，年龄在中年以下的农民竟不认识是何物。扁豆长得很好，绿油油罩满地皮，常常引来许多村民围观。扁豆比麦子早熟，在大麦成熟小麦硬粒的时候成熟了。我准备近日收割，自然跃跃，慷慨地答应过几个村民讨要种子的事。不料，当我提着镰刀走到二分地头，扁豆秧子竟然一株都不见了。我愣在那里，半天回不过神来。肯定是昨晚被谁偷割了。我其实也没有生多大的气，只是有点怨气，怨这人做得太过，该当给我留下一小块，我好留得种子。

那是至今依旧令我向往而无法回归的年月和光景。

2007年1月4日　二府庄

内容理解

那段年月和光景指的是作者一边潜心创作一边劳作，在写作和种地两种模式的切换中完成了作家身份与农民身份的统一。接通地脉，就是在拥有了城市户口、成为作家、拥有了跟过去完全不同的生活模式后，自己通过种田完成的身份调节。作者没有抛弃农民的生活方式，而是选择将二者合而为一。

两株玉兰树

清明前一日后晌回到老家,到村子背靠的白鹿原北坡上,在父母的坟头烧了一堆被视为阴币的黄纸。尽管明知这是于逝者没有任何补益的事,然而每年此日不仅不能缺少,甚至早早就泛溢着一种甚为急切的情绪。自己心里明白,上坟烧纸和跪拜的行为,无非是为消解对父母恩德亏欠太多的负疚心理,获得一种安慰。

天气很好。温润的风似有若无。西斜的依然明媚的阳光下,原坡和河川满眼都是蓬勃的绿色和黄色,绿的是返青的麦苗,黄的是盛开的油菜花,间有零星散落在坡梁上杏花的粉白。

回到老屋小院,便坐在前院闲聊。许是那种负疚心绪得到消解,许是得了这明媚春色的滋润,竟是一种难得的轻松和平静。记不得是谁颇为惊诧地叫了一声,玉兰树开花了。我便朝大门右侧的玉兰树看去,在树梢稍下边的一根分枝上,有两朵白花。我的心微微一颤,惊喜得轻叫一声,从坐着的小凳上站起来,几步走到玉兰树下,久久观赏那两朵玉兰花。那是两朵刚刚绽放的玉兰花,雪白,鲜嫩,纤尘不染,自在而又尽情地展示在

语言赏析

作者细致地描绘了玉兰花的外观特征。"雪白,鲜嫩,纤尘不染"从颜色、质地和纯净度方面展现了玉兰花的美丽。"自在而又尽情地展示在细细的一根枝条上"则描绘了玉兰花的姿态,给人一种优雅、自然的美感,强调了玉兰花的独特魅力。白玉兰与《告别白鸽》中的白鸽一样,都是纯净、圣洁的象征。

细细的一根枝条上，洁白如玉，便想到玉兰花的名字确属恰切。玉兰树尚不见一片叶子，叶芽刚刚在枝条上突出一个个小豆般的苞，花儿却绽放了。我久久地看那两朵花儿，竟然不忍离去。玉兰花在我其实也算不得稀罕，见得也早也多了，之所以发生一缕不寻常的惊喜，这是开在自家屋院里的玉兰花，而且是我栽植的玉兰树苗，便有了一种情结；还有一种非常因素，就是这株玉兰树苗成长过程的障碍性经历，曾经让我颇费过一番心思。

内容理解

玉兰遭逢劫难后开出了花朵，与白鸽接受伴侣的死亡、重新适应生活一样，它们都是顽强、坚韧的代表。

几年前我重回原下小院读书写字，一位在灞河滩苗圃打工的乡党，闲聊中听说我喜欢玉兰花，便给我送来一株不过食指粗的幼苗，我便在大门右侧的围墙根下挖坑栽下了。为了便于浇水和保护，我在玉兰幼苗四周用砖箍了一圈护栏。得到我的用心守护和浇灌，玉兰树苗日见蹿高，分枝，加粗，蓬蓬勃勃，生机盎然，我便期待花苞的出现。恰好盼到玉兰树应该发苞开花的规定期树龄，不仅没有开花，失望且不论，等到叶子成形，我发现了非常的征象，本应是深绿色的叶子，却呈现着浅黄；即使到盛夏烈日暴晒的时月，各种树叶都变得深绿近青的颜色，我的玉兰树叶反而由浅黄变得几乎透亮了。任谁都会看出这是一种病态的表征。村里乡党见了，有说是蛴螬咬了树根，有说是缺肥，有说是化肥施多烧了根，等等。后两种说法不能成立，我栽植时填的是农家粪土，不缺肥更不会发生烧根的事，倒是蛴螬

内容理解

树对作者而言，有一种别样的意义，如《晶莹的泪珠》一文中所说，树代表着作者坚强的生命意志。

内容理解

与宗璞的《紫藤萝瀑布》类似，都强调了生命的顽强以及生命在遭遇困难后的延续和希望。无论是玉兰花还是紫藤萝花，都成为生命的象征。它们的经历引发了作者对人生的思考，传达出一种积极向上的生命观。

啃食树根有可能发生，却也无可奈何。我曾扒土寻找蛴螬，一只也未见到。我就怀疑大约是玉兰根自身发生了什么病患。

等到第二年，玉兰树仍然是满树病态的黄叶，自然不会开花了。我便有所动摇，这株病态的树会不会自愈？需得几年才能缓解过来？如果等过几年不仅缓解不了反而病情加重以致枯死了，那我就会白等了。我便想挖掉它，重植一株。拿着镢头刨挖的一瞬，却似乎听到一种凄婉的求生的哀音，那一片片透亮的黄叶似乎也幻化成哭相，我便举不起镢头来。突然想到，任它继续存在着，如果真的挨过了病患，当一树健康墨绿的叶子呈现在小院里的时候，我会获得一种别样的欣慰和鼓舞；如果万一病患发展到发生枯死，再换植一株也无妨，这株玉兰树便保存下来。约略记得去年夏天回家，玉兰树的叶子变绿了，尽管仍不像正常的叶子那么深色近青的绿，却不是往年那种透亮的黄色了，我不由得庆幸，它的病情缓解了，更庆幸我握在手里的镢头没有举起来……今年，这株玉兰树开花了。尽管只有两朵，却是一种美的生命的胜利。遭遇过生存劫难之后开放的这两朵洁白如玉的玉兰花，就不单是通常对所见的玉兰花的欣赏的愉悦了，多了一缕人生况味的感受。

栽在中院里的一株广玉兰，相对而言似乎简单得多了。这是我离开老屋小院之后一年春天栽下的。大约是我栽植上述这株玉兰幼苗的时候，问过送来玉兰树苗的乡党，苗圃里有没有广玉兰？问过也就不在心了，尤其是返城之后就淡忘了。这年清明回家祭祖时，那位乡党又送来一株广玉兰幼苗。他竟然对我的那句问话经年不忘，知道我每年清明肯定回老家，便预备下这株我问过的广玉兰树苗，让我颇感动。我就把它栽到中院左侧的北边，避免后屋对阳光的遮蔽。

我之所以喜欢广玉兰，不全在它的各种颜色的花朵，更偏爱它的四季常青的绿叶。多年前到广东见识这种迥异于玉兰树的广玉兰，尽管很喜欢它四季不落的深沉的绿色，却不曾发生拥有的奢望，常识让我难以动心，这种在南方温暖湿润气候环境里生长欢实的好树，难得抵御北方凛冽的寒风和大雪。及至近年间，我在西安看到作为街心路边风景的广玉兰树，才意识到我犯了一个想当然的错误。这种广玉兰树在干燥缺雨的西安依然蓬蓬勃勃，有紫红的花，也有雪白的花；尤其是那浓密的深绿色叶子，在最难熬的冷风刺骨的三九寒冬里，依然蓬勃着一道绿色，为天灰地枯的冬天的西安增添了一种生命的活力。我就在第一眼看见这道风景时，便想给我家屋院栽植一株广玉兰，冬日回到老家，开门进院能看到一株绿树，当会是别一番生动情怀……这株广玉兰的幼苗终于栽到中院了。

我对这株广玉兰的管护，远不及前院那株玉兰树。这是难能补救的事。我居住在城里，偶尔回到乡下老屋，才可能为它浇一桶水，拔除杂草，每到夏天常有的

内容理解

花期短暂，常青难得，表达了作者对顽强、坚韧品质的向往。

久旱不雨的时月,它就只好忍受干渴了。然而,这株广玉兰生长的欢实简直令我不可思议,每隔二三月回家看到它时,又冒高了一大截,树干也变粗了许多,且又伸出二三条横枝来。不过二三年,树梢已经高过房檐了,树干也有我的胳膊粗了,我便想到它该开花了。

这株连管护粗疏都说不上的广玉兰,就这样茁壮起来蓬勃起来。春天夏天和秋天且不论,每到山枯水瘦的冬天回到老家时,看到的是白鹿原北坡灰黄的枯草,灞河川道里落光了叶子的果树和杂树,路边上烧荒留下的黑色灰渣。而一当走进屋院,看到绿色依旧的广玉兰,这古老的祖居的屋院洋溢着生命的活力,心理上便泛起一种鲜活。就在我盼着它开花的期待心绪里,灾难却不期而至。那是三年前的隆冬季节,一场多年少见的大雪降至。雪后多日我回到乡下老屋,便看到一幅惨不忍睹的场景,广玉兰的主干从高处折断了,颇为庞大的枝叶躺在尚未融尽的残雪上。我看着主干折断处白色的断茬,再看看脚旁的断枝,一种隐痛久久难以化释。这是太浓密的树叶上积压的雪所导致的惨相。无论怎样惨不忍睹怎样心疼,却无可奈何,我只能弥补,便用水在地上和了一团泥巴,涂抹到白色的断茬上,这是乡村里抚慰断枝的传统技法。当我涂抹着泥巴的时候,心情渐渐缓解了,相信到来年春天,断茬处肯定会发出新芽来,这是我种树的生活经验。

去年夏天回家时,从断茬处长出的主枝,已经和主

> **内容理解**
>
> 疗愈树木的过程,也可看作作者疗愈自己的过程。

告别白鸽

干浑然一体了，初看竟看不出曾经让我心疼的断折的痕迹，凑近了才能看到重新弥合后的新枝与老干树皮颜色的差异。我便有了灾难之后的完全的欣慰。尤其让我格外惊喜的是，广玉兰开花了。枝叶太过繁密，几朵紫红色的花朵夹在树叶之间，不拨开枝叶竟难以发现。我似乎不大在意这花的色彩，也不甚在意这花朵夹在枝叶之间难得赏心悦目，我栽广玉兰的着意处，原本是为着冬日的小院有一派绿色。

山枯水瘦万木萧条的隆冬季节，回到祖屋小院，我能看到蓬勃的绿树绿叶。

初春的刚刚明媚的阳光里，回到祖屋小院，我可以尽情观赏洁白如玉的玉兰花。

这方久蓄着许多代先人命运的沉重气氛的小院里，平添了绿叶的鲜活和玉兰花的柔媚。我回归的向往便铸成永久。

2011年5月4日　二府庄

▶ **文章结构**

与上文呼应，作者为了常青的绿色而喜爱广玉兰。

▶ **内容理解**

两株玉兰树在文中象征着生命的坚韧与美好。无论是普通玉兰树经历病态的折磨后最终开花，还是广玉兰树在遭遇主干折断的灾难后依然绽放花朵，都体现了生命在困境中顽强不屈的精神。

回家 回家

　　祖居的屋院在白鹿原北坡根下的一个小村子里，距西安城不过五十华里。得着路程近的方便，有事要做很快就能回到那个小院，无事也常常想回去便回去了。其实，无论有事无事，就是想在那个曾经生活过五十多年的屋院里坐一坐，到门前的灞河沙滩上遛一遛，似乎心理上的某些亏缺就获得了补偿。这种感受只有在这一方小小的地域才会发生，回家走走就成为永无遏止、永无满足的欲念潜存心底。

　　近日我又回到原坡下祖居的屋院。车子在愈加稠密的高楼之间的公路上行驶，不觉间便驶上浐河大桥。我的心在那一瞬便发生微妙的变化，顿然亢奋起来，这是走世界上任何一条路、过任何一座桥都不曾发生的一种心理和情绪的反应；更为奇异的是，每次回归老家，车子刚刚驶上这座大桥，我的情绪便发生这种亢奋的变化，几乎没有一次例外。我至今说不准这是一种生理反应，抑或是一种心理反应？我唯一能想到的因由，大约在我的潜意识里，这是我回家的桥，或者说是离我家最近的一座桥，过了这座桥，便进入我大半生都跑跑颠颠

内容理解

　　亢奋是因为家乡凝结了作者三十多年的人生奋斗历程。作者丰富的人生经历令人亢奋。

于其中的一方地域了。

这条浐河发源自横亘在关中平原南部的终南山，自南向北从白鹿原西坡根下流过，形成一道最适宜人类生存的河川，新石器时代的一个人类聚居的村庄——"半坡遗址"就在河岸东边；晴朗无霾的天气里，站在浐河岸边，可以看到白鹿原西坡上绿树掩映下的白墙红瓦。过了浐河桥不过三四里地，就进入白鹿原北坡下的灞河川道了，北坡上和河川里排列着稠如藤叶似的一个个或大或小的村庄。无论作为乡村教师或基层干部，抑或后来有幸成为专业作家，我在浐河灞河两道河川和白鹿原上整整跑跑颠颠了三十多年，在进入传统习惯所划的老年年龄区段时进入西安城。在城里待过几年，在新世纪到来的时候，却也难以抑压灞河岸边家园的诱惑，决然一人回到那个祖居的屋院，读书写字，煮一碗妻子在城里擀成藏在冰箱的面条，日落的霞光里到灞河水边的沙滩上散步，不觉间竟有两年……

我后来才意识到，白鹿原西坡根下的浐河和北坡根下的灞河，真是天造地设鬼斧神工的好水滋润着一道好原。我有幸出生在这原下且在这里生活过大半生，先是为这里的乡村孩子教授识文断字，后来组织乡民造梯田修河堤，再用笔叙写对这原这川里的历史和现实的体验和感受，这样的人生经历就很难用通常所说的情感纠结来表述了，反倒是每次车上浐河桥的一瞬所发生的那种微妙的亢奋情绪，才是最真实最准确的难以分清生理或心理的本能性反应，这是在任何地方不曾有过的。

回到祖居的屋院，烧一壶源自村中深井的自来水，三五下清扫了院中走道上的积尘和落叶，坐在院中喝一口茶，在车过沪河桥时发生且持续到开锁进院时的那种亢奋情绪，顿然消失了，不觉间转换为一种沉静，<u>既区别于在城市住室里的沉静，也区别于过去常住这里时的那种沉静，当属重新回归时独有的一种沉静</u>。这种独有的沉静心境也是只有坐在这个小院里才会发生。在城市待得久了，少不得忙忙乱乱，也多有来来去去，有得意也难免懊丧，在走进祖居的屋院坐在小院里抿一口茶的时候，似乎"宠辱"被荡涤得丝毫不留了，任何欲望也都隐退无痕了……这种独有的沉静，就成为回归祖居屋院的诱惑，一种永难满足更难得淡化的念想潜存心底。

随意到村子里走走，就会发现变化，这里原本是两间窄小的厦屋和那边撑立了几十年的破旧漏雨的小安间房的房址上，都建起了颇为排场的两层楼房，迎面墙壁都是雪白的瓷片，却依然延续着关中乡村传统建筑的格式，大门门框上方镶嵌一方砖雕刻字的立家宣言，既有传统的"耕读传家"，也有时兴的"满院春光"等等。不觉间村子里全建起了水泥砖瓦结构的房屋，那些还保存着的土坯垒墙的破旧屋院，几乎全是迁居本省和外省的人家留存的空院。我总是会被勾起往时的记忆。在上世纪六十年代初之前的十几年间，这个村子只有一户人家盖起了三间瓦房，不仅成为本村人热议羡慕的"高档

> **内容理解**
>
> 这种独特的沉静可能源于作者在经历了城市生活和各种人生经历后，再次回到家乡时所产生的复杂感受。它包含着对家乡的重新审视和珍惜，对过去记忆的重新梳理和感悟，以及对自身与家乡关系的一种新的审视。

建筑"，甚至成为连邻村人都纷纷跑来参观的一道景致。这户人家的主人有一个在高寒荒漠做勘探工作的儿子，收入丰厚，这是任何一家农户（公社社员）难以望其项背的。在我能解知人事时所记忆的村子，竟然没有一户拥有三间瓦房的人家，且不说这个小村庄有几百或千余年的历史，自然可以理解村人对这幢三间瓦房的惊羡情态。即如我这个有干部身份也有固定工资的人，也是挨到上世纪八十年代中后期才建起三间新房，也就再不用每到雨天便把盒盒罐罐都搬出来接房顶漏下的雨水了……现在，无论谁家盖房建楼，已经不会引发热议，更不会有惊羡的眼光和议论，在于家家都有宽敞的新房了。

内容理解

这段对房屋变化的描述，直观地展现了村子的变迁，反映了时代发展对家乡的影响。

　　我总是想到村前的灞河边上遛遛。走出家门再下一道小坎，便是村人赖以生存的旱涝保收的田地了。在我幼年的记忆里，河川田地有三道灌渠，引灞河水自流浇灌禾苗，如果不是百年一遇的一年两年滴雨不下及至灞水断流的特大旱灾，这方地域的庄稼总有收成。然而，现在的河川里几乎看不到麦子和苞谷苗了，整体变成了樱桃园。村子背倚的白鹿原北坡，凡是可以植栽树木的梯田和坡地，也满是樱桃树了。如果清明前后回家，沿路满眼看到的都是粉白的樱桃花；再过一个月到五月初，坡原河川的樱桃树上都挂满紫红的淡黄的樱桃，西安城里的居民，或扶老携幼或搭帮结伙到原上原下和原坡来摘樱桃，车拥人挤，盛况持续大半月。乡民喜不自胜地说，城里人给乡下人送钱来了……那一幢幢装潢讲究的两层住宅楼的开销，绝对一个多数是从樱桃树上获得的收益。无论在村巷无论在河川，碰到一位乡党，拉起闲话便说到樱桃，两棵樱桃树的收入超过一亩地麦子的价值。用乡党的结实话说，只要不是瓜（傻）子，谁都会算这笔账，自然就不种麦子苞谷全种樱桃了……我几乎每年五月都会上原摘樱桃，既为品尝这北方第一料成熟的鲜果，更在看那些乡党往钱袋里塞钱时生动的喜悦脸色……

这是冬天，我又漫步在灞河边上，冷风飕飕，河水清透见底，我的心里愈加沉静。我走过一些名山大河，多是以观赏的眼光去看的，新鲜的惊喜是自然发生的，也曾把那种感受诉诸文字。然而，那些感受完全区别于面向眼前这条灞河的沉静心态。这是家园。回归家园所发生的沉静心态，是在家园之外的别处不曾有过的。

哦，我的家园。

2013年1月20日　二府庄

内容理解

这段描写从农作物种植方面展现了家乡的变化，体现了时代发展对农业生产结构的改变。

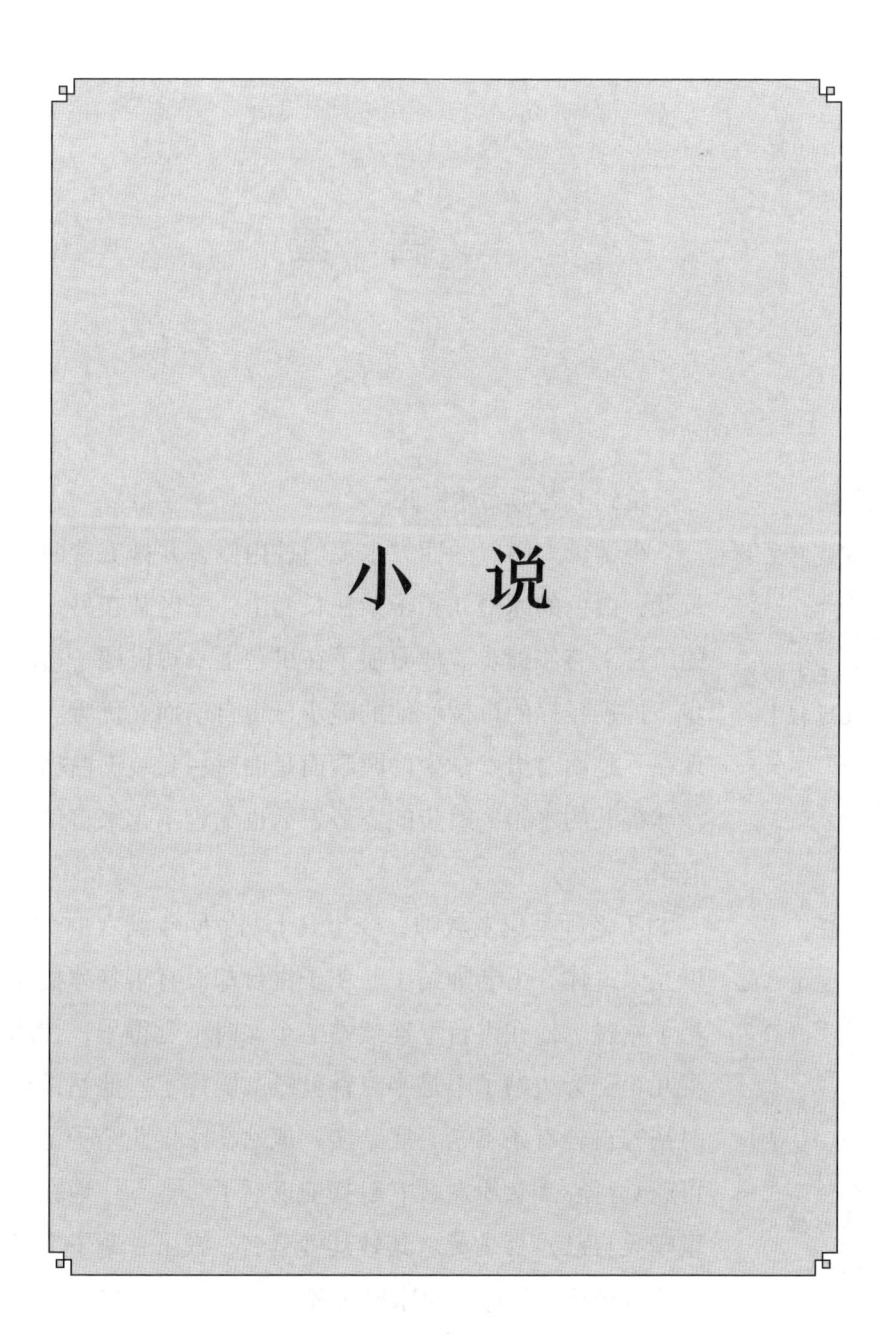

小 说

害　羞

一

轮到王老师卖冰棍儿。

小学校大门口的四方水泥门柱内侧，并排支着两只长凳，白色的冰棍儿箱子架在长凳上，王老师在另一边的门柱下悠悠踱步。他习惯了在讲台上一边讲课一边踱步，抑扬顿挫的讲授使他的踱步显得自信而又优雅。他现在不是面对男女学生的眼睛而是面对一只装满白糖豆沙冰棍儿的木箱，踱步的姿势怎么也优雅不起来自信不起来。

王老师是位老教师，今年五十九岁明年满六十就可以光荣退休。王老师站了一辈子讲台却没有陪着冰棍儿箱子站过。他在讲台上连续站三个课时不觉得累，在冰棍儿箱子旁边站了不足半点钟就腰酸腿疼了。他站讲台时从容自若有条不紊心底踏实，他站在冰棍儿箱子旁边可就觉得心乱意纷左顾右盼拘前谨后了。他不住地在心里嘲笑自己，真是莫名其妙其妙莫名，教了一辈子书眼看该告老还乡了却卖起冰棍儿来了！

写作手法

开篇就写王老师卖冰棍儿，引起读者的好奇心，为下文描写王老师在卖冰棍儿过程中的种种遭遇和心理变化埋下伏笔。

情节线索

因为王老师临近退休且一直从事教学工作，所以卖冰棍儿对他来说颇具挑战性，这直接引发了后续一系列围绕他卖冰棍儿的情节发展。

告别白鸽

临近校门也临近公路的头一排教室是低年级学生，从一边的教室里骤然暴起合读拼音文字的声浪，朗朗的嫩声稚气的童音听起来十分悦耳。听到这声音使人会联想到雨后空谷的草地，青日蓝天上悠悠飘浮的白云；听到这声音使人会化释积郁的心境，变得宽宏仁慈心地和善。每个男女都曾经发出过这样优美这样纯净这样动人的声音，后来永远发不出这样动人这样优美这样纯净的声音了。年岁递增随之使他们的嗓音一律变化了，有的变得粗暴狂放了，有的变得颐指气使了，有的变得深沉忧郁了，有的变得油腔滑调了，有的变得奴性十足酸味十足了。王老师天天都能听到这种嫩声稚气的童音合读或合唱，几十年来的每一天都在这种纯净的声音里滋养。他的面色柔和，纹路和善，明眸皓齿，鹤发银亮，全是稚气童音长期滋润的结果。直到今天轮他卖冰棍儿，王老师就有点惶惶不可终日似的踱起步来。

"王老师好运气！今日轮到你卖冰棍儿天公也凑趣儿！预报37℃，该当发财！"

历史科任老师刘伟正从大门进来，手里捏着几盒烟，穿一件罗筛眼儿背心，两颗男性的黑色乳头隐约可见，脚尖上挑着厚底儿泡沫拖鞋。一副悠然自在的神气，瞧着王老师说话。

王老师嘿嘿嘿笑着，表示领受了慕雅，明知刘伟从外边买烟回来，也明知历史课排不到头一节，还是要搭讪着问："噢噢！刘老师，你出去买烟了？你这节没

内容理解

此处暗示了作者的态度。作者是认同王老师的——长大后，一些人纯洁不再，变得市侩庸俗。

课?"问完了立即就意识到全部是废话。

刘伟大约也知道这是废话,可以根本不回答,只顾瞧着他的冰棍儿箱子,然后摇摇头,哧地笑了:"啊呀我说王老师呀!你把冰棍儿箱子藏在大门柱里头,外边过路人瞅不见,学生又没下课,你的冰棍儿卖给鬼呀?"

王老师说:"没关系没关系。学生下课了就来买哩!"

"把冰棍儿箱子摆到大门外头,学生下课了卖给学生,学生上课了卖给过路的人,你把箱子摆在大门里头损失太大了。"刘伟瞅着他,端详着,忽而一笑,"噢呀!王老师,你是害羞呀?"

王老师一下子红了脸,有点窘迫,却装出根本不是害羞的样子说:"我老脸老皮了还害什么羞!"

"不害羞就好!"刘伟说,"而今可不兴害羞。你要害羞啥事也弄不成。不害羞才能挣钱升官发洋财。凡要成大事发大财者必须先接受一项心理素质训练:排除羞怯。"

王老师已经品出刘伟话里是含沙射影、机锋毕露,这种谈话已经超出他的素有的习惯,就哑了口,不去迎合。他的职能范围是六年级甲班班主任,教授语文课,外兼六乙班语文,扩大到头他的职责只有两个毕业班的一百零三名学生。他搪塞说:"啊呀!刘老师,今日轮我卖冰棍儿,班里的事你多照应一下。"刘伟是他的助手,六甲班的副班主任。

人物形象

王老师温润如玉,不像刘老师那般口含机锋,所以不去迎合。但是王老师和刘老师关系不错,因为两人在本质上是一致的,他们对社会上一些人唯利是图的做法是否定的。

"班里没事,你放心卖你的冰棍儿。"刘伟说,"我倒是担心你的冰棍儿卖不完,化成水,你赚不了钱还得把老本贴进去。我来帮你把箱子挪到大门外首去,躲在门里不行哇!"说着,他把纸烟放到箱盖儿上,腾出手来背起箱子,又招呼王老师挪凳子。王老师一手提一个长凳,挪到大门外头,并排放好。刘伟搁稳箱子,给王老师做起卖冰棍儿的规范动作来:"王老师你瞅着,一只手搭在箱子盖上,这一只手防护住钱袋,钱袋要挂在脖子上。一只脚站着另一只脚歇着,这只脚站累了再换那只脚。眼睛瞅住过往的人,老远就吆唤一声'冰——棍儿——'。弄啥就得像啥,教书你得像个先生,卖冰棍儿就得像个卖冰棍儿的架势……"

王老师被逗笑了:"好好好!刘老师,我多谢你启蒙开导,我会了。"

刘伟滑稽地笑笑,摇摇摆摆走进门去了。

刘伟走了,王老师还是没有勇气按刘伟示范的架势去做,还是在离冰棍儿箱子一二米远的路边踱步,却不由得在心里品评起刘伟来了。

三十几岁的刘伟是恢复考试制度头二年考中师范学校的,七八年来在本乡所属的几所小学校转来转去最后算是在本校扎住了脚。他有一颗聪明透顶的脑瓜唯独缺少了一点毅力,他多才多艺学啥会啥结果却是样样精通样样稀松。他教高年级语文嫌其浅显无味教数学又讨厌其枯燥,最终他选择了历史科目主要是可以不负太

人物形象

刘老师毫无顾忌地鼓励王老师去做这件事,展现出他对传统观念的不羁态度。"他把纸烟放到箱盖儿上,腾出手来背起箱子",动作自然流畅,没有丝毫的拘束感。给王老师做卖冰棍儿的规范动作时,他也显得十分洒脱,没有那种刻板感,仿佛在做一件再平常不过的事情。这种随意自在的表现反映了他放荡不羁的性格特点,不被世俗的眼光和规范所束缚。

多的责任，升学考试或本乡统考不考历史他就没有任何压力。他已经放弃了写小说弹电子琴而对围棋兴趣正浓。他的性格有时可爱有时又执拗得不近人情。他走过的学校没有一个领导喜欢他，但事后却说那小伙子其实不错。他读过不少古今中外的野史，对一切人和事都用历史典故来佐证他的看法属天经地义。他不巴结谁也不故意伤害谁，谁要是惹下他他会把中外历史上一切奸党逆臣引来证明你与他们属一丘之貉。领导害怕他又藐视他。他在本校唯一没有犯过交葛的人就是王老师，所以让他做王老师的副手当六甲班副班主任。王老师有时觉得这人正直得可爱聪明得可爱时候又觉得这人不成景戏！穿那样裸身露肉的衣服满镇子上跑，老师总得注意点仪容仪表嘛！然而他只顾结紧自己的风纪扣而决不会去指责刘伟的涣散。

一个牵着孩子的女人买了一支冰棍儿走了，留下一枚五分硬币。王老师接过那五分硬币时手掌里竟有一种异样的感觉，无论如何，第一个买主已经光顾了，冰棍儿生意开张了。

二

入夏之前，学校买回来一套冰棍儿生产机器，这是春节后开始新学期一直吵吵嚷嚷的结果。开学后，教师们议论最多的是春节期间的见闻，见闻中共同强烈的感觉是在本校教书最可怜了。张老师说他弟弟所在的工厂

人物形象

正直、可爱、聪明是两个人共同的本质。从王老师不会批评刘老师这一点来看，王老师是典型的守正君子。

告别白鸽

除了发年终奖金还发了过年所需的一切，鸡鱼油菜粉丝黄花木耳猪和牛羊肉以及烹调所需的大料都每人一份发齐了，连卫生纸也发了一大捆。胡老师说他姐所在的公司除了发上述吃食外还发了电热毯电热杯气压热水瓶。大家觉得学校毕竟比不得企业，于是就与本乡的学校横向比较，这个学校办个皮鞋加工厂给每个老师发了一双毛皮鞋价值三十多块，那个学校买了豆芽机卖豆芽老师们分了说不清多少钱，唯独本校什么也给老师发不出……议论从私下发展到公开，终于进入本校校务会议议事日程，冰棍儿机器买回来了。

原先勤工俭学让学生"学工"的两间房子进行了彻底清理，墙壁刷新了，冰棍儿机器安装好了。因为一开始就明确是利润性生产，自然不能指靠学生来担承，于是就得雇民工，于是就有几位以至大部分老师向校长成斌申述自己的种种艰难，要求把自己的儿子或闲在农村的妻子招来做冰棍儿工人。成斌校长的爱人也在农村，春闲无事，他想把身强力壮的爱人弄来挣一点收入，面对好多老师的申求而终于没说出口。他对所有申求者都一律说"好好好，统一研究之后再说"。成校长和吴主任研究出一个最公道的办法，让所有申求者抓阄。抓阄的结果自然是抓中的高兴抓空的也对校长没有意见，因为校长自己也抓空了。没有后门。王老师没有参加抓阄，他的三个女儿早已出嫁，一个独生儿子正在交通大学读书，令好多老师羡慕。

写作背景

社会思潮在变化，平均分配的吃大锅饭时代过去了，人们开始关注自己的物质需要。从某种意义上看，这是社会的进步，然而一些不具备盈利属性的行业从业者，如教师，在公共福利没有落实到位的情况下，就面临较大的社会压力了。学校老师们的诉求就是源于这样的社会背景。

冰棍儿生产顺利而且质量不错，招来了附近村镇一些男女青年趸取冰棍儿。没过几天，几个教师向校长成斌提出建议，咱们生产冰棍儿却让旁人把钱赚了，倒不如让老师们自己赚。在成校长和吴主任进一步研究的时候，体育教员杨小光已经等待不及勇敢地闯过禁区，率先在冰棍儿厂趸了一箱冰棍儿，放在操场上的树底下，让学生们在炎炎烈日下打篮球踢足球跳绳翻杠子，然后宣布休息五分钟："每人至少一根冰棍儿，有现钱的交现钱，没现钱的跟同村同学借下，借不下的先欠着后响来校时带上就是了。"他每天有四五节体育课，销售的冰棍儿可以赚七八块钱。有人立即向校长成斌反映了杨小光向学生兜售冰棍儿的问题。成校长找杨小光谈话，想不到杨小光比校长更理直气壮："你生产冰棍儿是不是给人吃的？是不是只许外人吃而不许本校学生吃？你看不见那些小贩趸了冰棍儿就在学校门口卖给学生？这样热的天学生上体育课热得要命渴得要死，纷纷奔大门口去买冰棍儿，我这体育课还能不能上下去？我为学生服务关心学生健康给学生供应冰棍儿有什么不对？我赚了几个烟钱你就有意见了是不是？你没意见谁有意见叫谁当面给我提出来，让他来教体育课好了！我三伏能热死三九能冻死教体育算是倒八辈子霉了，你们当领导的谁说一句公道话来？"

校长成斌在连珠炮下首先乱了阵脚，立即转了笑脸换了口气对杨小光解释起来，要正确对待群众意见，有则改之无则加勉云云。好像他不是找杨小光谈问题而是做劝慰安抚工作来了。不是成斌校长软弱无能而是杨小光的一技之长教他硬不起来。他已经预感到杨小光接下来就要说出那句半是高傲半是骂人的话来："此处不养爷自有养爷处。"体育教师奇缺。过去的老体育教师因为上了年纪大都搞了后勤事务，年轻的体育教师多年来连一个也分配不到本乡的学校来。杨小光原也不是体育专业教师，他在本县参加市里的农民运动会上夺了跳高金牌，县体委珍爱这个为本县夺得荣誉的小伙，推荐到本校来做民办体育教师，而且因一技之长优先转为公办教师，比那些教政治教语文教数学的教师牛皮一百倍。成校长说："你教体育辛苦这一点我表扬过多次了，问题在于卖冰棍儿得由学校统一研究。你该晓得一句古话，'天下不患寡而患不均'。你卖冰棍儿别人要不要卖？所以你不必动肝火而应该心平气和地考虑一下……"

"我根本不考虑，也没法心平气和。"杨小光根本不认账，态度更硬了，"你……干脆给我的申调报告上签个字，让我走好了。你签了字我立马就走。县体委早就要我去哩……"

成斌校长连下台的余地都没有，只好尴尬地摊开手，不知所云地说："你看你，说到哪儿去了！我说的是卖冰棍儿的问题，你却扯起调动工作……"

王老师的宿舍与杨小光是一墙之隔，苇席顶棚不隔音响，他全部聆听了成校长和杨小光的谈话。他尚未听完就气得双手哆嗦不得不中止备课。他想象校长成斌大概都要气死了。他想象如果自己是校长就会说"杨小光你想上天你想入地你想去县体委哪怕去奥林匹克运动会，你要去你就快点滚吧！本校哪怕取消体育课也不要你这号缺德的东西！"他想指着那个满头乱发牛皮哄哄不知深浅的家伙呵斥一声，"你这样说话这样做事根本不像个人民教师……"然而他什么也没有说，只是实在听不下去了，走出门来，在操场上转了一圈，又自嘲自笑了，我教了一辈子书，啥时候也没在人前说过两句厉害话，老都老屎了，倒肝火盛起来了，还想训人哩！没这个必要啰！

当晚召开全体教师会，专题研究如何卖冰棍儿的问题。王老师又吃惊了，没一个人反对杨小光卖冰棍儿，连校长主任也不是反对的意思，而是要大家讨论怎么卖的问题，既可以使大家都能"赚几个烟钱"，又不至出现"不患寡而患不均"的问题。讨论的场面异常活跃，直到子夜一时，终于讨论出一个皆大欢喜的方案来：教师轮流卖冰棍儿。

三

大门离公路不过十米远，载重汽车和手扶拖拉机不断开过去，留下旋起的灰尘和令人心烦的噪响。骑自行车的男女一溜带串驶过去，驶过来，铃儿叮当当响。他低了头或者偏转了头，想招呼行人来买冰棍儿又怕熟人

告别白鸽

认出自己来。"王老师卖冰棍儿！"不断地有人和他打招呼。打招呼的人认识他而他却一时认不出人家，看去面熟听来耳熟偏偏想不出人家的名字，凭感觉他们都是他的学生，或者是学生的父亲抑或是爷爷。他教过的学生有的已经抱上孙子当了外公了，他教了他们又教他们的儿子甚至他们的孙子。他们匆匆忙忙喊一句"王老师卖冰棍儿"就不见身影了，似乎从话音里听不出讽刺讥笑的意思，也听不出惊奇的意思。王老师卖冰棍儿其实平平常常，不必大惊小怪。外界人对王老师卖冰棍儿的反应并不强烈，起码不像王老师自己心里想的那么沉重。他开始感到一缕轻松，一丝寂寞。

"王老师卖冰棍儿？"

又一个人打招呼。王老师眯了眼聚了光，还是没有认出来。这人眼睛上扣着一副大坨子墨镜，身上穿一件暗紫色的花格衫子，牛仔裤，屁股下的摩托车虽然停了却还在咚咚咚响着。王老师还是认不出这人是谁。来人从摩托上慢腾腾下来，摘下墨镜，挂在胸前的扣眼上，腰里叉着一只手，有点奇怪地问："王老师你怎么卖起冰棍儿来了？"

王老师看着中年人黑森森的串腮胡须，浓眉下一双深窝子眼睛，好面熟，却想不起名字："唔！学校搞勤工俭学……"说了愈觉心里别扭了，明明是为了自个赚钱，却不好说出口。

"勤工俭学……也不该让你来卖冰棍儿。这样的年

人物形象

通过王老师内心世界和外界反应的对比，我们可以看出在社会发展的过程中，人们的价值观和对事物的看法在逐渐改变，传统的教师形象和职业规范受到了一定程度的挑战，而这种挑战所带来的心理冲击和适应过程在王老师身上得到了充分体现。王老师的寂寞感也反映出处于社会变迁中的个体可能会面临的一种身份认同的困境。他在传统教师身份和卖冰棍儿的"新身份"之间感到迷茫和孤独。

人物形象

何社仓一方面出于对王老师的尊重和同情，想要帮助他，另一方面又觉得王老师卖冰棍儿有失体统，反映出传统观念与现实情况的冲突。

龄了,学校领导真混!"中年人说着,又反来问,"是派给每个老师的任务吗?"

"不是不是。"王老师狠狠心,再不能说谎,让人骂领导,"是老师们自己要卖的。"

中年人张了张嘴,把要说的话或者是要问的问题咽了下去,转而笑笑:"王老师你大概不认识我了,我是何社仓,何家营的。"

"噢噢噢,你是何社仓。"王老师记起来了。他教他的时候,他还是个细条条的小白脸哩,一双睫毛很长的眼睛总是现出羞怯的样子。他的学习和品行都是班里挑梢的,连年评为"三好",而上台领奖时却羞怯得不敢朝台子底下去看。站在面前的中年人的睫毛依然很长,眼睛更深陷了,没有了羞怯,却有一股咄咄逼人的直往人心里钻的力量。他随意问:"社仓你而今做什么工作?"

"我在家办了个鞋厂。"何社仓说,"王老师你不晓得,我把出外工作的机会耽搁了。那年给大学推荐学生,社员推荐了我,支书却把他侄儿报到公社,人家上了大学现在在西安工作哩!当时社员们撺掇我到公社去闹,我鼓足勇气在公社门口转了三匝又回来了。咱自个首先羞得开不了口喀!"

王老师不无诧异:"还有这码事!"

何社仓把话又转到冰棍儿箱子上来:"王老师,我刚才一看见你卖冰棍儿,心里不知怎么就不自在,凭您老儿这一头白发,怎么能站在学校门口卖冰棍儿呢?失了

告别白鸽

体统了嘛！这样吧，你这一箱冰棍儿全卖给我了，我给工人降降温。我去打个电话，让家里来个人把冰棍儿带回去。你也甭站在学校门口受罪了。"说着，不管王老师分辩，径自走进学校大门打电话去了，旋即又出来，说："说好了，人马上来。"何社仓蹲下来，掏出印有三个"5"字的香烟。

王老师谢了烟，仍然咕哝着："你要给工人降温也好，你到学校冰棍厂去趸货，便宜。我还是在这儿慢慢卖。"

"王老师你甭不好意思。"何社仓说，"我在你跟前念书时，老是怕别人笑话自己。而今我练得胆子大了哩！不瞒王老师说，我这鞋厂，要是按我过去那性子一万年也办不起来。我听说原先在俺村下放的那个老吕而今是鞋厂厂长，我找他去了，想办个为他们加工的鞋厂。他答应了。二回我去他又说不好弄了。回来后旁人给我说'那是要货哩！'我咬了咬牙给老吕送了一千块，而且答应鞋厂办起来三七分红，就是说老吕屁事不管只拿钱。三年来我给老吕的钱数你听了能吓得跌一跤！"

王老师嗷嗷嗷地惊叹着。此类事他虽听到不少，仍是不由惊叹。

"王老师，而今……唉！"何社仓摇摇头，"我而今常常想到你给我们讲的那些做人的道理、人的品行，现在还觉得对对的，没有错。可是……行不通了！"

王老师心里一沉，说不出话。对对的道理却行不

思想主题

何社仓的这句话反映了传统道德观念在现实社会中面临的困境，深化了文章主题。它使王老师开始反思自己的教育价值，影响了王老师后续的行为选择。

用不上了。可他现在仍然对他执教的六年级甲班学生进行着那样的道德和品行的教育，这种教育对学生是有益的还是有妨碍？

又一辆摩托车驰来，一个急转弯就拐上了学校门前的水泥路，在何社仓跟前停住。何社仓吩咐说："把王老师的冰棍儿箱子带走。把冰棍分给大家吃，然后把钱和箱子一起送过来。"

来人是位长得壮实而精悍的青年，对何社仓说的每一句话都要点两下头，一副俯首帖耳唯命是从的神气。他把冰棍儿箱子抱起来往摩托车的后架上捆绑，连连应着："厂长你放心，这点小事我还能办差错了？"

何社仓转而对王老师说："王老师你回去休息，我该进城办事去了。我过几天请你到家里坐坐，我有好多话想跟你说哩！你是个好人，好老师。"

那位带着冰棍儿箱子的小伙驱车走了。

何社仓重新架上大坨子墨镜，朝西驱车驰去了，留下一股刺鼻的油烟气味。

王老师望望消失了的人和车，竟有点怅然，心里似乎空荡荡的，脑子也有点木了。

四

中午放学以后，王老师卖了半箱冰棍儿。学生们出校门的时候早已摸出五分币，吵吵闹闹围过来。"王老师卖给我一根冰棍儿"的叫声像刚刚出壳的小鸡一样熙攘不休。他忙不迭地收钱付货，弄得应接不暇。往日里放学时他站在校门口，检查出门学生的衣装风纪，歪戴帽儿的，敞着衣服挽着裤脚的，一一纠正过来，他往往有一种神圣的感觉，自幼培育孩子养成文明的生活习惯是小学教师重大的社会责任。现在，他已经无暇顾及这些了，收钱付货已经搞得他脑子里乱哄哄的，而且从每一个小手里接过硬币时心里总有点不受活，我在挣我的学生的钱！因为心里不专，往往找错钱或付错了货。这时候，他的六甲班班长何小毛跑过来："王老师，你收钱，我取冰棍儿。"王老师忙说："放学了你快回家吃饭吧！"何小毛执意不走，帮他卖起冰棍儿来。放学后的洪峰很快就要流过去。何小毛突然抓住一个男孩的肩膀，拽到王老师面前："你怎么偷冰棍儿？"

王老师猛然一惊，被抓住的男孩不是他的六甲班的学生，他叫不上名字。男孩强辩说："我交过钱了，交给王老师了。"小毛不松不饶："你根本没交！我看着王老师收谁的钱，我就给谁冰棍儿，你根本没交。王老师，他交了没？"

王老师瞅着那个男孩眼底透出一缕畏怯的羞涩，就证明了这男孩没交钱了。他说："交了。"那男孩的眼里透出一缕亮光，深深地又是慌匆地鞠了一躬，反身跑走了，刚跑上公路，就把冰棍儿扔到路下的荒草丛中去了。何小毛却努嘟起嘴，脸色气得紫红："王老师，他没交钱。"王老师说："我知道没交。"何小毛激烈地问："那

人物形象

王老师在忙碌中既关心学生，又对一些学生的行为感到无奈。结合下文，我们可以看出王老师对何小毛的帮忙有点反感又无法直言。

你为什么要放走他？你不是说自小要养成诚实的品行吗？你怎么也说谎？"王老师说："是的。有时候……需要宽容别人。你还不懂。"

何小毛怏怏不乐地走了。

杨小光背着冰棍儿箱子来了，笑嘻嘻地说："王老师，换地方了，该我站前门了。"

王老师点点头，背了箱子进校门去了。回头一看，杨小光把板凳已经挪到公路边上，而且响亮地吆喝起来："冰棍儿——白糖豆沙冰——棍儿——"他才意识到，自己在整整一个上午的时间里，连一声也未吆喝过。他匆匆回到宿舍，放下箱子，肚里空空慌慌却不想进食。他喝了一杯冷茶，躺倒就睡了。

王老师正在恍惚迷离中被人摇醒，睁开眼睛，原来是何小毛站在床前。何小毛急嘟嘟地说："王老师快起来，同学们都上学来了，趁着没上课正好卖一茬冰棍儿！"王老师听了却有点反感，这么小年纪的学生热衷于冰棍儿买卖之道，叫人反感。他又不好伤了学生的热情，只好说："噢……好……我这就去。"

何小毛更加来劲："王老师你要是累了，我去替你卖一会儿，赶上课时你再来。"

王老师摇摇头："你去做课前准备吧！我这就去卖。我不累。"

何小毛走到正在脸盆架前洗脸的王老师跟前，说："王老师，我爸叫我后晌回去时再带一箱冰棍儿，你取来，我带走，你又可以多卖一箱。"

王老师似乎此时才把何小毛与何社仓联系到一起，他说："你爸要买就到学校冰棍儿厂去买好了，又便宜。"

何小毛说："俺爸说要从你手里买，让你多赚钱。"

王老师听了皱皱眉，闭了口，心里泛起一股甚为强烈的反感。这个自己执教的六甲班班长热情帮忙的举动恰恰激起的是他反感的情绪，这个年仅十二岁的孩子对于经营以及人际关系的热衷反而使他觉得讨厌。然而他又不忍心挫伤孩子，于是装出若无其事的口气再次劝说："你去做课前准备吧！"

何小毛的热情没有得到发挥，有点扫兴地走出房子去了。临出房子门的时候，何小毛又不甘心地回过头来："人家体育杨老师已经卖掉三箱了。王老师……你太……"

王老师冷冷地说："你去备课吧！小孩子管这些事干什么？"

何小毛走了。王老师背着箱子朝后门口走去。后门口有一排粗大的洋槐树，浓密的叶子罩住了一片阴凉，清爽凉快。王老师坐在石凳上，用手帕儿扇着凉，脑子里却浮着何小毛父子的影像。这何小毛活脱就是多年前的何社仓，细条条的个头，白嫩嫩的脸儿，比一般孩子长得多的睫毛和深一点的眼睛，显得聪慧乖觉而又漂亮。他与他父亲一样聪明，反应迅速，接受能力强，在班里一直挑梢儿，老师们一直看好他将来会有大发展。

内容理解

何小毛的行为并没有错。作为传统知识分子，王老师对于经营人际关系和经商有一种不屑为之的清高。这是他的精神洁癖。

情节线索

此处对王老师的心理描写，为下文写王老师打了何小毛一巴掌做铺垫。

现在，王老师才明显地感觉到何小毛和他父亲何社仓的显著差异来，他父亲何社仓眼里那种总是害羞的神光在何小毛眼里已经荡然无存了，反倒是有一缕比一般孩子精明也与他的年龄不大合拍的通晓世事的庸俗之气色……

"王老师，给我买冰棍儿！"

四五个小女孩儿已经围在跟前，伸向他的手里捏着钱。王老师中断了思想立即收钱付货。他从后门朝校园里一瞅，一串一溜的男女学生朝后门拥来，他的生意顿时红火起来。骤然升起高温的午休时分，正是冰棍儿以及冷饮走俏的黄金时间，孩子们趁着课前的自由活动时间来消费一支冰棍儿，是很惬意的。王老师忙不迭地收钱付货，头上脸上冒出豆大的汗珠来，也顾不得擦擦，眼看一箱冰棍儿就要卖完了。

"王老师生意好红火！"

王老师仰起汗津津的脸，看见杨小光站在一边，体育教员结实柔韧的身体有一种天然美感。然而王老师听着那话里带有一股馊味儿，透过那眼里强装的笑容，王老师看到了底蕴的敌意。他无法猜测其来意，只是应答说："唔！这会儿天气热，孩子们……"

杨小光却神秘地眨眨眼："王老师，我引你看场西洋景儿——"说着就来拉王老师的手。

王老师莫名其妙："有什么好看的！别开玩笑。"

杨小光执意拉住他的手："你去看看就明白了，可有趣儿了！"

王老师已不能拒绝，那双体育教师的有劲的胳膊拉着拽着他，朝校园里走去。

王老师站在一个教室窗外，看到教室里的一幕时，几乎气得羞得昏厥过去——

五

三年级丙班教室里的讲台上，站着六年级甲班班长何小毛，他正在给三年级小学生做动员："同学们要买冰棍儿快到后门去！后门那儿是我们班主任王老师卖冰棍儿。王老师有教学经验，年年都带毕业班，你们将来上六年级还是王老师给你们当班主任，教语文。现在王老师卖冰棍儿，大家都帮帮忙、行行好，让王老师多卖冰棍儿多赚钱……"

王老师吃惊地瞅着何小毛，眼前忽然一黑，几乎栽倒，这个学生的拙劣表演使他陷入一种卑污的境地。杨小光现在变了脸，露出本色本意："王老师，你要是有兴趣，到各班教室都去看看，你们六甲班的班干部现在都给你当推销员广告员了……"

王老师手打哆嗦，嘴里说不清话："杨老师……我不知……这些娃娃……竟这样……"

杨小光撇撇嘴："王老师，我可想不到你有这一手哩！往日里我很尊敬你，你德高望重，修养高雅，想不到你竟是个……巧伪人！"

人物形象

当时市场刚刚开放，很多人的观念还没转变过来，何小毛的思想和行为显得过于"前卫"。

人物形象

这一巴掌既是王老师对何小毛的惩罚，也是他内心的一种发泄，反映出他在经济浪潮的冲击下，努力坚守传统价值观的艰难处境。

人物形象

杨老师头脑灵活，能够抓住机会，但底线意识淡漠，一切以钱为中心，即使身为老师，也丝毫不在乎身份。

人物形象

刘伟老师本质上也是传统知识分子的代表。他不突破底线，且为人有侠气，主动为王老师扛下本不属于自己的"罪名"。

王老师立时煞白了脸，说不出话来。这时候何小毛已经跑出来，站在两个老师面前，毫不胆怯地说："我当推销员有什么不好不对？你上体育课硬把冰棍儿摊派给我们，一人一根不吃不行。你昨日上体育给同学们说今日轮你卖冰棍儿，要大家都一律买你的……"王老师听着就扬起了手，"啪"的一声响，打了何小毛一记耳光。何小毛冤枉委屈地瞪他一眼，捂着脸跑了。

杨小光愈加恼怒，大声吵嚷起来："太虚伪了嘛！王老师！学校开会讨论卖冰棍儿问题时，你说教师卖冰棍儿影响不好啦！不能向钱看啦！我以为你真是品格高尚哩！想不到你比我更爱钱，而且不择手段，发动学生搞阴谋活动……"

王老师看见已经有不少学生和教师围观，窘迫得张口结舌，有口难辩，恨不得一头碰到砖墙上去。杨小光更加得意地向围观的学生和教师羞辱他："我杨小光爱钱，可我赚钱光明正大。我心里想赚钱嘴里就说想赚钱，不像有些人心里想赚钱嘴里可说的是这影响不好那影响不佳，虚——伪！"

王老师再也支持不住，从人窝里出来，干脆回屋子里去。历史课教师刘伟一手摇着竹扇，脚尖上仍然挑着拖鞋走过来，挡住王老师不让他退场，然后懒洋洋仰起脸对杨小光说："杨小光你骂谁哩？六甲班的学生干部是我组织起来行动起来的，你有什么意见朝我提好了。"

杨小光忽然一愣："我……关你什么事？"

"我说过了是我组织六甲班干部动员学生买王老师的冰棍儿。"刘伟说,"你骂错了人,先向被你错骂的王老师赔礼道歉,然后你再来骂我。"

杨小光反而被制住了。

刘伟不紧不慢地重复:"你先向王老师道歉,然后再跟我说你有什么想不通的!"

杨小光终于从突然的打击里恢复过来:"你刘伟甭充什么硬汉!谁使的花招谁做的手脚我完全清楚,你甭在这儿胡搅和……"

刘伟眼睛一翻也上了硬的:"我是不是充得上硬汉搁一边儿。我倒是真想搅和搅和。你杨小光牛什么?不就是蹦了一下得了一块没有金子的金牌才混上个体育教师?你整日里骂这个训那个你凭什么耍厉害?领导怕你我也怕你不成?"

杨小光被讽刺嘲笑得急了,拳头自然就攥紧了,朝刘伟走过去:"就这我还不想当这破教师哩!你不怕我我什么时候怕过你?甭说这小小学校就是本县我还没怕过谁哩!"

校长成斌正在睡午觉,最后被叫醒来到现场,先拉走了刘伟,再推走了杨小光,学生和教师们也各自散了。成斌只是嘟哝着:"刘老师快回房子里去,让学生围观像什么话!杨老师快去大门口卖你的冰棍儿,在学生面前吵架总是影响不好嘛!再有理也不该在学生场合吵嘛!"

内容理解

从上文的叙述能看出王老师的家境尚可，本不需要卖冰棍儿的效益。但是其他同事的诉求和领导的许可裹挟了他，他内心深处对这种行为是矛盾的。他一方面觉得作为教师不应该如此，另一方面又无法抗拒现实的压力。这种矛盾心理让他感到愧疚，觉得自己没有坚守好教师的本分，退休成为他逃避这种内心冲突的一种方式。此外，何小毛等学生的行为让王老师看到了商业气息对学生的不良影响，他可能觉得自己无力改变这种现状，无法正确引导学生回到纯粹的学习轨道上。面对这种无奈，他选择退休，以远离这个让他感到困惑和无奈的教育环境。

王老师早在成斌到来之前已经逃回房子。

王老师坐在办公桌前，脑子里乱成一窝麻，那总是梳理得很好的银白头发有点散乱了。他没有料到卖冰棍儿会卖出这种不堪收拾的局面。他想到校务会讨论卖冰棍儿时自己说过影响不好的话，但没有坚持而放弃了，他随着教师们一样参加了轮流卖冰棍儿。他怕别的教师骂他不合群、清高、僵化，都什么时候了还拉不下面子……明年满六十本可以光荣退休了，最后一个毕业班毕业了他就该告老还乡了，临走却被一个年轻的体育教师骂成"巧伪人"！他已灰心至极，再三思虑，终于拔笔摊纸写下了"退休申请"几个字，心里铁定：提早退休！

放晚学的自由活动时间，校长成斌来了。成斌说问题全部调查清楚，何小毛和六甲班学生干部到各班动员学生买王老师冰棍儿的举动，完全属于何小毛的个人行为，既不是王老师策划的，也不是刘伟策划的。所以杨小光辱骂王老师是错误的。如果仅仅是这件事就简单极了，由杨小光向王老师赔礼道歉。问题复杂在王老师失手打了何小毛一个耳光，打骂体罚学生是绝对不允许的。成斌说他和吴主任研究过了，做出两条决定，王老师向被打学生家长赔情，争取何小毛的乡村企业家的父亲的谅解，然后再在本校教师会上检讨一下。如果上级不查则罢，要是查问起来，咱们也好交代，王老师也好解脱了。为此，成斌征求王老师的意见。

王老师把抽屉拉了两次又关上，终于没有把"申请退休"的报告呈给成斌校长,担心会造成要挟的错觉。对于成校长研究下的两条措施,他都接受了,而且说:"你和吴主任处理及时,本来我自己打算今晚去何小毛家,向家长赔情哩!"

六

成斌校长不放心,执意要陪着王老师一起去何小毛家,向那位在本乡颇具影响的企业家赔情。听说那人财大气粗,一个老夫子样儿的王老师单人去了下不来台怎么办?刘伟也执意要去,理由是与自己有关,六甲班他任副班主任,责无旁贷,另外也怀着为王老师当保镖的义勇之气。王老师再三说不必去那么多人,何小毛的父亲何社仓其实还是他的学生,难道会打他骂他不成!结果仍然是三个人一起去了。

这是乡村里依然并不常见的大庄户院。一家占了普通农家按规定划拨的三倍大的庄基,盖起了一座二层楼房,院子里停着一辆客货两用小汽车,散发着一股汽油味儿,院里堆积的杂物和废物已不具一般庄稼院的色彩,全是些废旧轮胎、汽油桶子、大堆的块煤以及裁剪无用的各色布头堆在墙角。何社仓闻声迎出来,大声喧哗着"欢迎欢迎"的话,把三位老师引进底层东头套间会客室,质地不错的沙发,已经适应时令的变化铺上了编织的透风垫子,落地扇呜呜呜转着。何社仓打开冷藏柜,取出几瓶汽水,揭了盖儿,送给三位老

人物形象

何厂长一上来就打断了校长的话，把话题的主动权转移到自己这边，把老师们的上门道歉变成了做客拜访，化解了老师们的尴尬。这里何厂长混迹商场时的游刃有余可以想见。

师一人一瓶。

成斌校长摇着瓶子没有喝，刚开口说了句"何厂长我们来……"就被何社仓挥手打断了。何社仓豪气爽朗："成校长、王老师、刘老师，你们来不说我也知道为啥事。此事不提了，我已经知道了。我那个小毛不是东西。我刚刚训过他。咱们'只叙友情，不谈其他'。"他最后恰当不恰当地引用了《红灯记》里鸠山的一句台词，随后就吩咐刚刚走进门来的女人说："咱们小毛的老师也是我的老师，难得遇合，你弄几样菜，我跟我老师喝一点。"女人大约不放心孩子的事，只是开不了口，转身走出去了。

成校长企图再次引入道歉的话题，何社仓反而有点烦："总是小毛不是东西。这小子太胆大，宠得什么事也敢做什么话也敢说。我像他那么大的时候，胆小得很，一到人多的地方就吓得像个小老鼠，一见生人就害羞——王老师一概尽知。这小子根本不知道害怕害羞……咱们不提他了，好好……"

王老师愈觉心里憋得慌，终于把自己要说的话说出来："社仓，我打了小毛一个耳光，我来……"

何社仓腾地红了脸："王老师，打了就打了嘛！我也常是赏他耳光吃。这孩子令人讨厌我知道。我在你的班上念了两年书，你可是没有重气呵过我……好了好了不提此事了。大家要么去参观参观我的鞋厂。"

何社仓领着三位教师去一楼的生产车间参观，房子

告别白鸽

里安着一排排专用缝纫机，轧制鞋帮，另一间屋子里是裁剪鞋帮的。夜班已经开始，雇来的农村姑娘一人一台机子，专心地轧着鞋帮头也不抬。

何小毛的母亲已弄好了菜，何社仓把三位老师重新领进会客室里，斟了酒，全是五星牌啤酒，而且再三说叨谦让的话，青岛牌啤酒刚刚喝完。然后把筷子一一送到三位老师手里，敦促他们吃呀喝呀。

王老师喝了两杯啤酒，不大会儿就红了脸，头也晕了，脚也轻了。他今天只是吃了一顿早餐，空荡荡的肚子经不住优质名牌啤酒的刺激，有点失控了。

何社仓大杯大杯饮着酒，发着慨叹："我只有跟三位老师喝酒心里是坦诚的，哎哎哎！"

刘伟听不出其中的隐意，傻愣愣眨着眼。

何社仓说："王老师，我现在有时还梦见在你跟前念书的情景……怪不怪？多少年了还是梦见！我小时候那么怕羞！我而今不怕羞了胆子大了。我那个小子小毛根本不知道害怕害羞！我倒是觉得小孩子害点羞更可爱……"

王老师似乎被电火花击中，猛地饮干杯中黄澄澄的啤酒，扔下筷子，大声响应附和着说："对对对！何社仓，小孩子有点害羞更可爱！我讨厌小小年纪变得油头滑脑的小油条。"说着竟站了起来，左手拍了校长成斌一巴掌，右手在刘伟肩上重重拍了一下，然后瞅瞅这个，又瞅瞅那个，忽然鼻子一抽，两行老泪潸然而下，伸出

人物形象

老师在何厂长眼中代表着纯洁，与老师喝酒没有商场上的利益交涉，他的内心是放松的。何厂长即使已经在商场上混得如鱼得水，也还是对纯洁纯粹有所向往。此处与他以前就是害羞的孩子相呼应，也为下文他说小孩子害羞点才可爱做铺垫。

思想主题

害羞意味着有羞耻感，意味着人会在意他人的看法，会反思自我。顾及他人感受，约束自己的行为就是仁和礼的标志。王

老师和何社仓都表达了对害羞这一传统品格的怀念之情。这种情感不仅是对过去美好品格的追忆，更是对市场开放早期法治尚不规范、商业模式较为低级、精神文明引导缺失而造成的道德滑坡现象的一种感慨。他们希望能够保留这些传统品格，使社会变得更美好，体现了他们对社会发展的一种期望和对传统价值观回归的渴望。

哆哆嗦嗦的手，像是发表演说一样："其实何止小孩子！<u>难道在我，在你们，在我们学校，在我们整个社会生活里，不是应该保存一点可爱的害羞心理吗？</u>"

三个人都有点愣，怀疑王老师可能醉了。

1988年6月27日　白鹿园

李十三推磨

"娘——的——儿——"

一句戏词儿写到特别顺畅也特别得意处,李十三就唱出声来。实际上,每一句戏词乃至每一句白口,都是自己在心里敲着鼓点和着弦索默唱着吟诵着,几经反复敲打斟酌,最终再经过手中那支换了又半秃了的毛笔落到麻纸上的。他已经买不起稍好的宣纸,改用便宜得多的麻纸了。虽说麻纸粗而且硬,却韧得类似牛皮,倒是耐得十遍百遍的揉搓啊翻揭啊。一本大戏写成,交给皮影班社那伙人手里,要反复背唱词对白口,不知要翻过来揭过去几十几百遍,麻纸比又软又薄的宣纸耐得揉搓。

"儿——的——娘——"

李十三唱着写着,心里的那个舒悦是无与伦比的,却听见院里一声呵斥:

"你听那个老疯子唱啥哩?把墙上的瓦都蹭掉了……"

这是夫人在院子里吆喝的声音,且不止一回两回了。他忘情唱戏的嗓音,从屋门和窗子传播到邻家也传播到街巷里,人们怕打扰他不便走进他的屋院,却

人物形象

从"唱出声来"以及详细描述的创作过程可知,李十三沉浸在戏剧创作中,即使在贫困的条件下,他仍然坚持用麻纸进行创作,并且每一句都经过反复斟酌,体现了他对戏曲的热爱以及在创作上的专注和执着。

又抑制不住那勾人的唱腔，便从邻家的院子悄悄爬上他家的墙头，有老汉小子有婆娘女子，把墙头上掺接的灰瓦都扒蹭掉了。他的夫人一吆喝，那些脑袋就消失了，他的夫人回到屋里去纺线织布，那些脑袋又从墙头上冒出来。夫人不知多少回劝他，你爱编爱写就编去写去，你甭唱唱喝喝总该能成嘛！他每一次都保证说记住了再不会唱出口了，却在写到得意受活时仍然唱得畅快淋漓，甭说蹭掉墙头几片瓦，把围墙拥推倒了也忍不住口。

"儿——啊——"

"娘——啊——"

李十三先扮一声妇人的细声，接着又扮男儿的粗声，正唱到母子俩生死攸关处，夫人推门进来，他丝毫没有察觉，突然听到夫人不无厌烦倒也半隐着的气话：

"唱你妈的脚哩！"

李十三从椅子上转过身，就看见夫人不愠不怒也不高兴的脸色，半天才从戏剧世界转折过来，愣愣地问："咋咧吗？出啥事咧？"

"晌午饭还吃不吃？"

"这还用问，当然吃嘛！"

"吃啥哩？"

这是个贤惠的妻子。自踏进李家门楼，一天三顿饭，做之前先请示婆婆，婆婆和公公去世后，自然轮到请示李十三了。李十三还依着多年的习惯，随口说："黏

（干）面一碗。"

"吃不成黏（干）面。"

"吃不成黏（干）的吃汤的。"

"汤面也吃不成。"

"咋吃不成？"

"没面咧。"

"噢……那就熬一碗小米米汤。"

"小米也没有了。"

李十三这才感觉到困境的严重性，也才完全清醒过来，从正在编写的那本戏里的生死离别的母子的屋院跌落到自家的锅碗灶膛之间。正为难处，夫人又说了："只剩下一盆苞谷糁子，你又喝不得。"

他确凿喝不得苞谷糁子稀饭，喝了一辈子，胃撑不住了，喝下去不到半个时辰就吐酸水，清淋淋的酸水不断线地涌到口腔里，胃已经隐隐作痛几年了。想到苞谷糁子的折磨，他不由得火了："没面了你咋不早说？"

"我大前日都给你说了，叫你去借麦子磨面……你忘了，倒还怪我。"

李十三顿时就软了，说："你先去隔壁借一碗面。"

"我都借过三家三碗咧……"

"再借一回……再把脸抹一回。"

夫人脸上掠过一缕不悦，却没有顶撞。她刚转过身要出门，院里突响起一声嘎嘣脆亮的呼叫："十三哥！"

再没有这样熟悉这样悦耳这样听来让人从头到脚从

人物形象

上文提到邻居爱听李十三唱戏，担心打扰他，可以推测出他与邻里的关系不错，向邻居借面或许并不太难。这里的一问一答可以看出夫人不向一家借多次，而是每家借一次，这样做并不是怕人家不借给她，而是她不想太丢面子。这是自尊的体现。

里到外都感觉到快乐的声音了，这是田舍娃嘛！又是在这样令人困窘得干摆手空跺脚的时候，听一听田舍娃的声音不仅心头缓过愉悦来，似乎连晌午饭都可以省去。田舍娃是渭北几家皮影班社里最具名望的一家班主，号称"两硬"班子，即嘴硬——唱得好，手硬——耍皮影的技巧好。李十三的一本新戏编写成功，都是先交给田舍娃的戏班排练演出。他和田舍娃那七八个兄弟从合排开始，夜夜在一起，帮助他们掌握人物性情和剧情演变里的种种复杂关系，还有锣鼓铙钹的轻重……直到他看得满意了，才放手让他们去演出。这个把他秃笔塑造的男女活脱到观众眼前的田舍娃，怎么掂他在自己心里的分量都不过分。

人物形象

两个人既是生意合作伙伴，也是知己，他们互相成就。

"舍娃子，快来快来！"

李十三从椅子上喊起来站起来的同时，田舍娃已走进门来，差点儿和走到门口的夫人撞到一起。只听"咚"的一声响，夫人闪了个趔趄，倒是未摔倒。田舍娃自己折不住腰，重重地摔倒在木门槛上。李十三抢上两步扶田舍娃的时候，同时看见摔撂在门槛上的布口袋，"咚"的沉闷的响声是装着粮食的口袋落地时发出的。他扶田舍娃起来的同时就发出诘问："你背口袋做啥？"

"我给你背了二斗麦。"田舍娃拍打着衣襟上和裤腿上的土末儿。

"你人来了就好——我也想你了，可你背这粮食弄啥嘛！"李十三说。

告别白鸽

"给你吃嘛!"

"我有吃的哩!麦子豌豆谷子苞谷都不缺喀!"

田舍娃不想再说粮食的事,脸上急骤转换出一副看似责备实则亲畅的神气:"哎呀我的老哥呀!兄弟进门先跌个跟斗,你不拉不扶倒罢了,连个板凳也不让坐吗?"

李十三赶紧搬过一只独凳。田舍娃坐下的同时,李夫人把一碗凉开水递到手上了。田舍娃故作虚叹地说:"啊呀呀!还是嫂子对兄弟好——知道我一路跑渴了。"

李十三却以不容置疑的口气对妻子说:"快,快去擀面,舍娃跑了几十里肯定饿了。今晌午吃黏(干)面。"

夫人转身出了书房,肯定是借面去了。她心里此刻倒是踏实,田舍娃背来了二斗麦子,明天磨成面,此前借下的几碗麦子面都可以还清了。

田舍娃问:"哥吔,正谋算啥新戏本哩?"

李十三说:"闲是闲不下的,正谋算哩,还没谋算成哩。"

田舍娃说:"说一段儿唱几句,让兄弟先享个耳福。"

"说不成。没弄完的戏不能唱给旁人。"李十三说,"咋哩?"馍没蒸熟揭了锅盖跑了气,馍就蒸成死疙瘩了。"

田舍娃其实早都知道李十三写戏的这条规矩,之所以明知故问,不过是无话找话,改变一下话题,担心李十三再纠缠他送麦子的事。他随之悄声悦气地开了另一

人物形象

即使身处贫困中,李十三也努力维持着自尊。田舍娃也帮忙维持着李十三的尊严。

人物形象

面对朋友想听自己未完成作品的请求,他坚决拒绝,体现了他对戏剧创作的严谨态度,坚持自己的创作原则。

个话头:"哥呀,这一向的场子欢得很,我的嗓子都有些招不住了,招不住还歇不成凉不下。几年都不遇今年这么欢的场子,差不多天天晚上有戏演。你知道喀——有戏唱就有麦子往回背,弟兄们碗里就有黏(干)面吃!"

李十三在田舍娃得意的欢声浪语里也陶醉了一阵子。他知道麦子收罢秋苗锄草施肥结束的这个相对松泛的时节,渭河流域的关中地区每个大小村庄都有"忙罢会",约定一天,亲朋好友都来聚会,多有夏收大忙之后歇息娱乐的放松。许多村子在"忙罢会"到来的前一晚,约请皮影班社到村里来演戏,每家不过均摊半升一升麦子而已。这是皮影班社一年里演出场子最欢的季节,甚至超过过年。待田舍娃刚一打住兴奋得意的话茬儿,李十三却眉头一皱眼仁一聚,问:"今年渭北久旱不雨,小麦歉收,你的场子咋还倒欢了红火咧?"

"戏好嘛!咱的戏演得好嘛!你的戏编得好嘛!"田舍娃不假思索张口就是爽快的回答,"《春秋配》《火焰驹》一个村接着一个村演,那些婆娘那些老汉看十遍八遍都看不够,在自家村看了,又赶到邻村去看,演到哪里赶到哪里……"

"噢……"李十三眉头解开,有一种欣慰。

说的正说到得意处,听的也不无得意,夫人走到当面请示:"话说完了没?我把面擀好了,切不切下不下?"

人物形象

作品被人接受、为人喜爱,使李十三的个人价值得到了体现。我们由此可知为何他之前如痴如醉地创作戏剧,连粮食也忘了借。

告别白鸽

"下。"李十三说。

"只给俺哥下一个人吃的面。我来时吃过了。"田舍娃说着已站立起来，把他扛来的装着麦子的口袋提起来，问，"粮缸在哪儿，快让我把粮食倒下。"

李十三拽着田舍娃的胳膊，不依不饶非要他吃完饭再走，夫人也是不停嘴地挽留。田舍娃正当英年，体壮气粗，李十三拉扯了几下，已经气喘不迭，厉声咳嗽起来，长期胃病，又添了气短气喘的毛病。田舍娃提着口袋绕进另一间屋子，揭开一只齐胸高的瓷瓮的木盖儿吓了一跳，里边竟是空的。他把口袋扛在肩上，松开扎口，哗啦一声，二斗小麦倒得一粒不剩。田舍娃随之把跟脚过来的李十三夫妇按住，扑通跪到地上："哥呀！我来迟了。我万万没想到你把光景过到盆干瓮净的地步……我昨日个听到你的村子一个看戏的人说了你的光景不好，今日个赶紧先送二斗麦过来……"说着已泪流不止。

李十三拉起田舍娃，一脸感动之色里不无羞愧："怪我不会务庄稼，今年又缺雨，麦子长成猴毛，碌碡停了，麦也吃完了……哈哈哈。"他自嘲地硬撑着仰头大笑。夫人在一旁替他开脱："舍娃你哭啥嘿？你哥从早到晚唱唱喝喝都不愁……"

田舍娃抹一把泪脸，瞪着眼说："只要我这个唱戏的有得吃，咋也不能把编戏的哥饿下！我吃黏（干）面决不让你吃稀汤面。"随之又转过脸，对夫人说，"嫂子，

内容理解

田舍娃在李十三生活困难时及时送麦，李十三对田舍娃的感激以及两人之间的相互关心和扶持，都表明在艰难的生活环境中，友情是一种强大的支撑力量。二人是患难之交。

俺哥爱吃黏（干）的汤的尽由他挑。过几天我再把麦背来。"

田舍娃抱拳鞠躬再三，又绽出笑脸："今黑还要赶场子，兄弟得走了。"刚走出门到院子里，又折回身，"哥呀！我知道你手里正谋算一本新戏哩！我等着。"

"好！你等着。"李十三嗓门亮起来，说到戏，他把啥不愉快的事都掀开了，"有的麦吃，哥就再没啥扰心的事了。"

李十三和他的夫人运动在磨道上。两块足有一尺多厚的圆形石质磨盘，合丝卡缝地叠摞在一起，上扇有一个小孩拳头大小的孔眼，倒在上扇的麦粒，通过这只孔眼溜下去，在转动着的上扇和固定着的下扇之间反复压磨，再从磨口里流出来。上扇磨石半腰上捆绑一根结实的粗木杠子，通常是用牲口套绳和它连接起来，有骡马的富户套骡马拽磨，速度是最快的了；一般农户就用自养的犍牛或母牛拽磨，也很悠闲；穷到连一条狗都养不起的人家，就只好发动全家大小上套，不是拽而是推着磨盘转动了。人说"拽犁推磨打土坯"是乡村农活里头三道最硬茬的活儿，通常都是那些膀宽腰圆的汉子才敢下手的，再就是那些穷得养不起牲口也请不起帮手的人，才自己出手硬撑死扛。年届六十二岁的李十三，现在把木杠抱在怀里，双臂从木杠下边倒钩上来反抓住木杠，那木杠就横在他的胸腹交界的地方，身体自然前倾，双腿自然后蹬，这样才能使上力鼓上劲，把几百斤重的磨盘推动起来旋转起来。他的位置在磨杠的梢头一端，俗称外套，是最鼓得上力的位置，如果用双套牲口拽磨，这位置通常是套犍牛或儿马子的。他的夫人贴着磨道的内套位置，把磨杠也是横夯在胸腹交界处，只是推磨的胳膊使力的架势略有差异，她的右手从磨杠上边弯过去，把木杠搂到怀里，左手时不时拨拉一下磨扇顶上的麦子，等得磨缝里研磨溜出的细碎的麦子在磨盘上成堆的时候，她就用小木簸箕揽了。离开磨道，走到罗柜跟前，揭开木盖，把磨碎的麦子倒入罗柜里的金丝罗子，再盖上木盖，然后扳动摇把儿，罗子就在罗柜里咣当咣当响起来，这是磨面这种农活的象征性声响。

"你也歇一下下儿。"

李十三听见夫人关爱的声音，瞅一眼摇着拐把的夫人的脸，那瘦削的肩膀摆动着。他抬起一只胳膊用袖头抹一抹额上脸上的汗水，不仅没有停歇下来，反倒哼唱起来了："娘——的——儿——"一句戏词没唱完，似乎气都堵得拔不出来，便哑了声，喘着气，一个人推着磨扇缓缓地转动，又禁不住自嘲起来："老婆子哎！你说我本该是当县官的材料，咋的就落脚到磨道里当牛做马使唤？还算不上个快马，连个蔫牛也不抵……唉！怕是祖上先人把香插错了香炉……"

"命——"夫人停住摇把，从罗柜里取出罗子，把罗过的碎麦皮倒进斗里，几步走过来，又回到磨道里

内容理解

　　李十三对自己有很高的期许，认为自己"本该是当县官的材料"，然而现实中却"落脚到磨道里当牛做马使唤"，这种巨大的反差体现了他内心的不甘和无奈。即使是能乐观地唱起戏词的他，也发出了感慨自身命运的悲叹。关于命运的问题，他开始了思考，实属难能可贵。但受限于时代，他又不可能透彻地想通造成自己命运悲剧的根本原因是什么，只能似接似拒。

她的套路上，习惯性地抱住磨杠推起来，又重复一遍，"命。"

李十三似接似拒的口吻，沉吟一声："命……"

李十三推着石磨。要把一斗麦子磨尽，不知要转几百上千个圈圈，称得"路漫漫其修远兮"了。他的求官之路，类如这磨道。他十九岁考中秀才，令家人喜不自禁，也令乡邻羡慕；二十年后的三十九岁省试里考中举人，虽说费时长了点儿，却在陕西全省排在前二十名，离北京的距离却近了；再苦读十三年后到五十二岁上，他拉着骡子驮着干粮满腹经纶进北京会试去了。此时嘉庆刚主政四年，由纪昀任主考官，录取完规定的正编名额后，又拟录了六十四名作为候补备用的人。李十三的名字在这个候补名单里。按嘉庆的考制，拟录的人按县级官制待遇，却不发饷银，只是虚名罢了。等得牛年马月有了县官空缺，点到你的名字上，就可以走马上任做实质性的县官领取县级官饷了。李十三深知这其中的空间很大很深，猫腻狗骚都使得上却看不见。恰是在对这个"拟录"等待的深度畏惧发生的时候，失望同时并生了，做官的欲望就在那一刻断灭。是他的性情使他发生了这个人生的重大转折，凭学识凭本事争不到手的光宗耀祖的官衔，拿银子换来就等于给祖坟上泼了狗尿。

他依着渭河北部高原民间流行的小戏碗碗腔的种种板路曲谱，写起戏本来了。第一本名叫《春秋配》，交给

内容理解

结合《三九的雨》中的表述——父亲告诉作者别把龌龊的东西带回来，体现出李十三也坚守着祖祖辈辈坚守的文化传统，做人要光明正大。

田舍娃的皮影班社，得了田舍娃的好嗓子，也得了他双手绝巧的"耍杆子"的技艺，这个戏一炮打响，演遍了渭北的大村小庄……他现在迷在写戏的巨大兴趣之中，已有八本大戏两本小戏供那些皮影班社轮番演出……现在，他和夫人合抱一根木杠，在磨道里转圈圈，把田舍娃昨日晌午送来的麦子磨成白面，就不再操心锅里没面煮的事了……

"十三哥十三哥十三哥——"

田舍娃的叫声。昨日刚来过怎么又来了？田舍娃压抑着嗓门的连声呼叫还没落定，人已蹿进磨房喘着粗气。收住脚，与从磨道里转过来的李十三面对面站着，整个一副惶恐失措的神色。未等李十三开口，田舍娃仍压低嗓门说："哥呀不得了咧……"

李十三喘着气，却不问，他和夫人在自家磨道推磨子，闭着眼也推不到岔道上去，能有什么了不得的祸事呢！那一瞬，他甚至料定田舍娃是虚张声势。虚张声势夸大事态往往是这些皮影艺人的职业习性。

"哥呀！皇上派人抓你来咧……"

李十三"嘿"的一声不着意地轻淡地笑："你也算是当了爸的人了，咋还说这些没根没影的话……"

田舍娃见李十三不信，当下急得失了色变了脸，双手击捶出很响的声音，像道戏曲白口一般疾骤地叙说起来："嘉庆爷派的差官已经到县上咧。我奶妈的三娃在县衙当伙夫，听到这事赶紧叫人把信儿传给我。我撂下饭碗赶紧跑过来给你透风报信。你还大咧咧地信不下……"

李十三打断田舍娃的话问："说没说我犯了哪条王法？"

田舍娃说："皇上爷亲口说你编的戏已经传流到好多省去了。皇上爷很恼火，派专使到渭南，指名要'提李十三进京'，还说连我这一帮演过你的戏的皮影客也不放手……"

田舍娃说着说着就自动打住口，哑了声。他叙述这个因由的过程，突出的眉棱下的两只燕尾形的眼睛一直紧盯着他亲爱的李十三哥，连扶着磨杠的嫂夫人一眼也顾不及看。他看着李十三由不信不屑不齿的眼神脸色逐渐转换出现在这副吓人的神色，两眼瞪得一动不动一眨不眨，脸色由灰黄变成灰白，辨不清是气恨还是惧怕，倒吓得田舍娃不敢再往下说了。

李十三突然猛挺起身子，头往后一仰，又往前一倾，"噢"地叫了一声，从嘴里喷出一股血来。田舍娃眼见一道鲜亮如同朝阳的红光闪耀了一下，整个磨房弥漫起红色的光焰，又如同一条血的飞瀑，呼啸着爆响着飞溅出去，落在磨扇顶端已经磨碎的麦粒上，也泼洒在凿刻着石棱的磨扇上。磨盘上堆积着的尚未收揽的碎麦麸顷刻间也染红了，田舍娃"噢呀"惊叫一声，吓愣了。

李十三又挺起胸来，头先往后一仰，即刻再往前用力一倾，又一道血的光焰血的飞瀑喷洒出去，随之横跌

人物形象

李十三这一系列动作描写展现出一种强烈的动态感，让读者仿佛亲眼看到了他在听到被皇帝通缉后身体的剧烈反应和血喷射而出的震撼场景，牢牢吸引住读者的注意力。此外，这段描写中的颜色也值得关注。"鲜亮如同朝阳的红光""红色的光焰"等词语，突出了血的颜色，在磨房这个相对灰暗的环境中形成了强烈的视觉冲击。红色通常象征着生命、激情，但在这里却是李十三的生命受到巨大冲击的表现，这种色彩的运用增强了悲剧色彩。

在磨盘上，一只手垂下来。

田舍娃手足无措地站在一边，突然灵动过来，一把抱起李十三，轻轻地摆平仰躺在地上。夫人也早吓蒙了，忙蹲下身为李十三抚胸搓背，连声呼叫："你不能走呀你甭走呀……"随之掐住了丈夫的鼻根。

许久，李十三终于睁开眼睛了，顺手拨开了夫人掐着他鼻根的手。稍停半刻，他两手撑地要坐起来。夫人和田舍娃急忙从两边帮扶着。李十三坐起来。田舍娃这时才哭出声来。夫人也哭了。

李十三舒了口气，看着田舍娃说："你咋不跑还在这儿？"

"你是这样子，我咋跑呀！"田舍娃说，"让人家把咱俩一块提走，我好招呼着你。"

李十三摇摇头："咱俩得跑。"

田舍娃忙接上说："就等你这句话哩，快走。"

李十三站起来，走了两步试了试腿脚，还可以走动，便对夫人说："你也甭操心了。你操心也是白操——皇上要我的命，你还能挡住？挡不住咯。我要是命大能跑脱，会捎话给你，会来取戏本的——这本戏刚写到热闹的当当儿，你给我藏好。"

两人装出无什么要紧事的做派，走出门，走过村巷，还和村人打着礼仪性的招呼。村人乡党打问今晚在哪个村子摆场子，舍娃说在北原上很远很远的一个寨子。乡党直惋叹太远太远了。两人出了村子，两人又从出村的这条宽敞的土路拐上一条一步多宽的岔路，两边是高过人头的苞谷苗子。隐入无边无际的苞谷绿秆之中，似乎有一种被遮蔽的安全感。两人不约而同又拐上一条岔道。岔道上铺满青草，泛着一缕缕薄荷的清香。两人又绕过水渠，清凌凌的水已经没有诗意了，渠沿上的白杨也没有诗意了。这渠水和这白杨是最容易诱发诗意的景致，李十三每一次踏过渠上的木桥或直接绕过这水渠的时候，都忍不住驻足品味，都忍不住撩起水来洗一把脸。现在只有奔逃的恓惶和恐惧了。李十三在用力跳过渠的时候，有一阵眩晕，眼睛黑了一瞬，驻足的同时，又吐出一口血来。稍作缓息，田舍娃搀扶着他继续走着。两边依旧是密不透风的苞谷秆子，青幽幽闷腾腾的田野。走到这条小路的尽头，遇到一道土塄，分成又一个岔口。李十三站住脚："咱俩该分手了。"

田舍娃愣了一下，头连着摇："分手？谁跟谁分手？我跟你分手——我死都跟你不分手。"

李十三说："咱俩总不能傻到让人家一搭儿抓了，再一窝端了一锅蒸了嘛！留下一个会唱会耍竿竿儿的（支撑皮影的竹竿）人嘛！"

"不成不成不成！"田舍娃的头摇得更欢了，"耍竿竿儿的人多，死了我还有那一大帮伙计，会编戏的只是你十三哥——死谁都不能死你。"

"是这样嘛——"李十三说，"咱俩谁都不该死。咱俩谁都不死当然顶好咧！现时死临头了，咱俩分开跑，逃过一个算一个，逃过两个更好。千万不能一锅给人家煮了蒸了。"

田舍娃还是听不进去："你这么个病身子，我把你撂下撇下，我就是你戏里头写的那号负义的贼了。"

李十三说："我的戏本都压在你的箱子里，旁人传抄的不全，有的乱删乱添，只有你拿的本子是我的原装本子。想想，把我杀了不当紧，我把戏写成了。要是把你杀了又抄了家，连戏本子都会给人家烧成灰了……你而今活着比我活着还当紧。"

田舍娃这下子不说话了。

李十三又说："你活着就是顶替我活着。"

田舍娃出着粗气，眼泪涌出了。

"你的命现在比我的命贵重。"李十三再加重说，"快走赶快跑，哥的戏本就指望你了。"

李十三转过身走了。

田舍娃急抢两步，堵在李十三面前，扑通跪在路上，连磕三个响头，站起来又抱拳作揖再三，瞪着眼睛说："我的哥呀！你放心走，只要有我舍娃子一条命，你的戏本一个字都丢不了！"

"你的命丢了，本子也甭丢。"李十三也狠起来，"你先把戏本藏好再逃命。"

"记下了。"田舍娃跑走了，跑到一畛谷子地里，对着坡塄骂了一句，"嘉庆呀嘉庆，我没有你这个爷了。"

> **内容理解**
>
> 古代知识分子有三个至高追求——立德、立功、立言。立德得是孔夫子一般的人，立功需要封官拜将才能建立功勋，一般读书人倘若没机会入朝做官施展抱负，就会追求立言、著书立说，将自己的思想才情传之后世。李十三无法在官场成功，因此投身江湖，戏本就是他生命的延续，是立言的关键。所以他舍命也要保护戏本。我们今天知道李十三，也正是因为他的戏流传了下来。此外，这样做也能给田舍娃一个生存的理由，避免他和自己共同赴死。
>
> **人物形象**
>
> 坊间曾有对演艺人员的污蔑，说戏子无义，但田娃子守信重诺，有情有义。

内容理解

田舍娃的这句话体现了他面对皇权压迫时的反抗精神。尽管这种反抗是无力的,但显示出了他在情感和立场上的坚定。

内容理解

渭北高原代表着一种原始、未被掌控的自然环境。李十三在此终结自己的生命,象征着他对封建皇权的一种无声的抗争。但他并没有离开他的家乡太远,与上文呼应。

语言赏析

转身、眺望的动作体现了李十三对故乡最后的眷恋,更加凸显了命运的残酷。太阳和云彩象征着生命的希望和活力,他再也看不见这些,意味着他的生命彻底被黑暗吞噬。整个场景充满了一种无奈和悲凉的气氛。

田野静寂无声。

李十三顺着这条慢坡路走着。他想到应该斜插到另一个方向的梯田里去,谁会傻到顺着一条上渭北高原的官路逃亡呢?他不想逃跑,又不想被抓住。他确凿断定自己活不了几个时辰了。他只不过不想死到北京,也不想活着看见那个受嘉庆爷之命前来抓他的差官的脸。他也不想死在磨道里或死在炕上,那样会让他的夫人更惝惶,活着没能让她享福,死时却可以不让她受急迫。他也不想死在田舍娃当面,越是相好的人越想死得离他远点。

莽莽苍苍的渭北高原是最好的死地。

李十三面朝着渭北高原背对着渭河平原,往前一步一步挪脚移步。他又吐出一口血。血把脚下被人踩踏成细粉一般的黄土打湿了,瞬间就辨不出是血是水了。

再挣扎到一个塄坎上的时候,他又吐血了。

当他又预感到要吐血的时候,似乎清晰地意识到这是最后一口所能喷吐出来的血了。他已经走出村子二十里路了,在这一瞬转过身来,眺望一眼被绿色覆盖的关中和流过关中的渭河。他吐出最后一口血,仰跌在土路上,再也看不见渭北高原上空的太阳和云彩了。

附　记

约略记得是上世纪五十年代末,我在周六从学校回家去背下一周的干粮,路上的男男女女老人小孩纷纷涌动,有的手里提着一只小木凳,有的用手帕包着馒头,说是要到马家村去看电影。这部电影是把秦腔第一次搬上银幕的《火焰驹》,十村八寨都兴奋起来。太阳尚未落山,邻近村庄的人已按捺不住,挎着凳子提着干粮去抢占前排位置了。我回到家匆匆吃了饭,便和同村伙伴结伙赶去看电影了。"日行千里夜行八百"的火焰驹固然神奇,而那个不嫌贫爱富因而也不背信弃义更死心不改与落难公子婚约的黄桂英,记忆深处至今还留着舞台上那副顾盼动人的模样。这个黄桂英不单给乡村那些穷娃昼思夜梦的美好期盼,城市里的年轻人何尝不是同一心理向往。直到五十年后的今天我才弄清楚,《火焰驹》的原始作者名叫李十三。

李十三,本名李芳桂,渭南县蔺店乡人。他出生的那个村子叫李十三村。据说唐代把渭北地区凡李姓氏族聚居的村子,以数字编序排列命名,类似北京的××八条、××十条或十二条。李芳桂念书苦读一门心思为着科举高中,一路苦苦赶考直到五十二岁,才弄到个没有实质内容的"候补"空额,突然于失望之后反倒灵醒了,便不想再跑那条路了。这当儿皮影戏在渭北兴起正演得红火,却苦于找不到好戏本,皮影班社的头儿便把眼睛瞅住这个文墨深不知底的人。架不住几个皮影班头的怂恿哄抬,李十三答应"试火一下",即文人们常说的试笔。这样,李十三的戏剧处女作《春秋配》就"试火"出来了。且不说这本戏当年如何以皮影演出走红渭北，近二百年来已被改编为秦腔、京剧、川剧、豫剧、晋剧、汉剧、湘剧、滇剧和河北梆子等。这一笔"试火"得真是了得！大约自此时起，李十三这个他出生并生活的村子名称成了他的名字。李芳桂的名字以往只出现或者只应用在各级科举的考卷和公布榜上，民间却以李十三取而代之。民间对"李芳桂"的废弃，正应和着他人生另一条道路的开始——编戏。

李十三生于一七四八年，距今二百六十年了。我专意打问了剧作家陈彦，证实李十三确凿是陕西地方戏剧碗碗腔秦腔剧本的第一位剧作家，而且是批量生产。自五十二岁摈弃仕途试笔写戏，到六十二岁被嘉庆爷通缉吓死或气死（民间一说吓死一说气死，还有说气吓致死）的十年间，写出了八部本戏和两部小折子戏，通称十大本:《春秋配》《白玉钿》《火焰驹》《万福莲》《如意簪》《香莲口》《紫霞宫》《玉燕钗》,《四岔》和《锄谷》是折子戏。这些戏本中的许多剧目，随后几乎被中国各大地方剧种都改编演出过，经近二百年而不衰。我很自然地发生猜想，中国南北各地差异很大的方言，唱着说着这位老陕的剧词会是怎样一番妙趣。不会说普通话更没听过南方各路口音的李十三，如若坐在湘剧京剧剧场里观赏他的某一本戏的演出，当会增聚起抵御嘉庆爷捉拿的几分胆量和气度吧，起码会对他点灯熬油和推磨之辛劳，添一分欣慰吧！

然而，李十三肯定不会料到，在他被嘉庆爷气吓得

告别白鸽

磨道喷吐鲜血，直到把血吐尽在渭北高原的黄土路上气绝而亡之后的大约一百五十年，一位秦腔剧作家把他的《万福莲》改编为《女巡按》，大获好评更热演不衰。北京有一位赫赫盛名的剧作家田汉，接着把《女巡按》改编为京剧《谢瑶环》，也引起不小轰动。刚轰动了一下还没轰得太热，《谢瑶环》被批判，批判文章几成铺天盖地之势。看来田汉胆子大点儿气度也宽，没有吐血。

一切都已成为过去。过去了的事就成历史了。

我从剧作家陈彦的文章中，获得李十三推磨这个细节时，竟毛躁得难以成眠。在几种思绪里只有一点纯属自我的得意，即我曾经说过写作这活儿，不在乎写作者吃的是馍还是面包，睡的是席梦思还是土炕，屋墙上挂的是字画还是锄头，关键在于那根神经对文字敏感的程度。我从李十三这位乡党在磨道里推磨的细节上又一次获得确信，是那根对文字尤为敏感的神经，驱使着李十三点灯熬油自我陶醉在戏剧创作的无与伦比的巨大快活之中，喝一碗米粥吃一碗黏（干）面或汤面就知足了。即使落魄到为吃一碗面需得启动六十二岁的老胳膊硬腿去推石磨的地步，仍然是得意忘情地陶醉在磨道里，全是那根虽然年事已高依然保持着对文字敏感的神经，闹得他手里那支毛笔无论如何也停歇不下来。磨完麦子撂下推磨的木杠，又钻进那间摆置着一张方桌一把椅子一条板凳的屋子，掂起笔杆揭开砚台蘸墨吟诵戏词了……唯一的实惠是田舍

内容理解

这篇附记是一篇非常好的创作心得。作者向我们展示了如何用一个细节衍生出一个场景，再由场景拓展成一篇小说。其中最根本的一点就是作者将自己的身心代入了推磨的李十三。

本文在2007年获得多个短篇小说奖项，有评论认为本篇作品沉郁、慷慨、简劲传神地刻画了中国民间的风骨与正气。

娃捐赠的二斗小麦。

同样是这根对文字太过敏感的神经,却招架不住嘉庆爷的黑煞脸,竟然一吓一气就绷断了,那支毛笔才彻底地闲置下来。我就想把他写进我的文字里。

2007年5月9日　二府庄

桥

一

夜里落了一层雪，天明时又放晴了，一片乌蓝的天。雪下得太少了，比浓霜厚不了多少，勉强蒙住了地面、道路、河堤、沙滩，冻得僵硬的麦叶露在薄薄的雪被上面，芜芜杂杂的。河岸边的杨树和柳树的枝条也冻僵了，在清晨凛冽的寒风中抖抖索索地颤。寒冷而又干旱的北方，隆冬时节的清晨，常常就是这种景象。

河水小到不能再小，再小就不能称其为河了，再小就该断流了。河滩显得格外开阔，裸露的沙滩和密密实实的河卵石，现在都蒙上一指厚的薄雪，显得柔气了。一湾细流，在沙滩上恣意流淌，曲曲弯弯，时宽时窄，时紧时慢，淌出一条人工难以描摹的曲线。水是蓝极了，也清极了；到狭窄的水道上流得紧了，在河石上就撞击了水花；撞起的一串串水花，变成了水晶似的透亮，落下水里时，又是蓝色了。

河面上有一座小桥，木板搭成的。河心里栽着一只四条腿的木马架，往南搭一块木板，往北搭一块木

环境描写

作者描绘了河岸边的景象，突出了环境的寒冷和河水的干涸，与下文王林架桥的行为形成呼应。

环境描写

作者详细描述了桥的构造，反映了桥的简陋和乡村的贫穷，体现了这座桥对于村民的重要性。

板，南边的木板够不到岸上，又在浅水里撂着两只装满沙子的稻草袋子，木板就搭在沙袋上，往南再搭一小块木板，接到南岸的沙滩上，一只木马架，两长一短三块木板，架通了小河，勾连起南岸和北岸被河水阻断的交通。对于小河两岸的人来说，这座小木板桥比南京长江大桥重要得多，实用得多。

二尺宽的桥板上，也落了一层雪。一位中年男人，手握一把稻秫笤帚，弯着腰，一下一下扫着，雪粒纷纷落进桥下的水里。他扫得认真，扫得踏实，扫得木板上不留一星雪粒，干干净净。他从南岸扫到北岸，丢下笤帚，双手抓住木板，摇摇，再摇摇，直到断定它两头都搭得稳当，才放心地松了手，提起笤帚又走回南岸来。照样，把南岸一长一短的两块木板也摇一摇，终于查看出那块短板的一头不大稳当，他用脚踢下一块冻结的沙滩上的石头，支到木板下，木板稳实了。

他拍搓一下手指，从破旧的草绿色军大衣里摸出一根纸烟。划着火柴，双手捂着小小的火苗儿，点着了，一股蓝色的烟气在他眼前飘散。看看再无事可做，他叼起烟卷，双手插进油渍渍的大衣袖筒里，在桥头的沙地上踱步，停下来脚冻哇！

天色大亮了，乌蓝的天变得蓝莹莹的了，昨夜那一场小雪，把多日来弥漫的雾气凝结了，降到地面来，天空晴朗洁净，太阳该出山了。

河北岸，堤坝上冒出一个戴着栽绒帽子的脑袋。那

> **情节线索**
>
> 阅读至此，读者或许会认为这是一个雷锋般的人物在帮助人们维护这座桥，为下文的情节转折做铺垫。

告别白鸽

人好阔气，穿一件乡间少见的灰色呢大衣，推着一辆自行车，走下河堤斜坡，急急地走过沙滩，踏上木板桥了，小心地推着车子，谨慎地挪着双脚。他猜断，这肯定是一位在西安干事儿的乡里人，派头不小，一定当着什么官儿。那人终于走过小桥，跨上南岸的沙地，轻轻舒了一口气，便推动车子，准备跨上车子赶路。

"慢——"他上前两步，站在自行车轱辘前头。

那人仰起头，脸颊皮肤细柔，眼目和善，然而不无惊疑，问："做什么？"

"往这儿瞅！"他从袖筒里抽出右手，不慌不忙，指着桥头的旁侧，那儿立着一块木牌，不大，用毛笔写着很醒目的一行字："过桥交费壹毛。"

那人一看，和善的眼睛立时变得不大和善了，泛起一缕愠怒之色："过河……怎么还要钱？"

"过河不要钱。过桥要钱。你过的是桥。"他纠正那人语言上的混淆部分，把该强调的关键性词语强调了一下，语气却平平静静，甚至和颜悦色，耐心十足。

"几辈子过桥也没要过钱！"那人说。

"是啊！几辈子没要过，今辈子可要哩！"他仍然不急不躁，"老皇历用不上啰！"

那人脸上又泛出不屑于纠缠的鄙夷神色，想说什么而终于没有再张口，缓缓地抬起手，从呢大衣的口袋里摸出一毛票儿，塞到他手里时却带着一股劲儿，鼻腔里"哼"了一下，跨上车子走了。

情节线索

上文所以为的雷锋般的人物滤镜破碎了，没想到这人是拦桥收费的。这样写营造的反差，让读者没有从一开始就被代入主人公视角，从而能更客观地观察整个事件，更全面地思考作者要探讨的主题，也为下文记者的行为做铺垫。

见得多了！掏一毛钱，就损失掉一毛钱了，凡是掏腰包的人，大都是这种模样，这号神气。他经得多了，不生气也不在乎。他回过头，看见两个推着独轮小车的人走上木板桥。

独轮小车推过来了，推车的是个小伙子，车上装着两扇冻成冰碴的猪肉。后面跟着一位老汉，胳膊上挂着秤杆。这两位大约是爷儿俩，一早过河来，赶到南工地去卖猪肉的。村子南边，沿着山根，有一家大工厂，居住着几千名工人和他们的家属，门前那条宽阔的水泥路两边，形成了一个农贸市场。工厂兴建之初，称作南工地，工厂建成二十多年了，当地村民仍然习惯称呼南工地而不习惯叫×××号信箱。

小伙子推着独轮小车，下了桥，一步不停，反倒加快脚步了。提秤杆的老汉，也匆匆跟上去，似乎谁也没看见桥头插着的那块牌子。

"交费！"他喊。

推车的小伙子仍然不答话，也不停步。老汉回过头来，强装笑着："兄弟，你看，肉还没开刀哩，没钱交喀！等卖了肉，回来时交双份。"

"不行。"他说，"现时就交清白。"

"真没钱交喀！"老汉摊开双手。

"没钱？那好办。"他走前两步，冷冷地对老汉说，"把车子推回北岸去，从河里过。"

老汉迟疑了，脸色难看了。

告别白鸽

他紧走两步,拉住小推车的车把,对小伙子说:"交费。"

小伙子鼓圆眼睛,"哗啦"一声扔下车子,从肉扇下抽出一把尖刀来。那把刀大约刚刚捅死过一头猪,刃上尚存丝丝血迹。小伙子摆开架势,准备拼命了:"要这个不要?"

他似乎早有所料,稍微向后退开半步,并不显得惊慌,嗤笑一声,豁开军大衣,从腰里拔出一把明光锃亮的攮子,阴冷地说:"小兄弟,怕你那玩意儿,就不守桥了!动手吧。"

许是这阴冷的气势镇住了那小伙子,他没有把尖尖的杀猪刀捅过来。短暂的僵持中,老汉飞奔过来,大惊失色,一把夺下小伙子手里的刀子,"噌"的一下从肉扇下削下猪尾巴,息事宁人地劝解:"兄弟!拿回去下酒吧!"

他接住了,在手里掂了掂,不少于半斤,横折竖算都绰绰有余了。他装了刀子,转身走了。背后传来小伙子一声气恨的咕哝:"比土匪还可憎!"他权当没听见,他们父子折了一个猪尾巴,当然不会彬彬有礼地辞别了。

河北岸,有一帮男女踽踽走来,七八个人拽拽扯扯走上桥头,从他们不寻常的穿戴看,大约是相亲的一伙男女吧?

太阳从东原上冒出来,河水红光闪闪。他把猪尾巴

写作手法

此处省略了收过桥费的情景,我们可以推测喜气洋洋的男女们一定被扫了兴,变得气哄哄的。这种拦桥收费的行为肯定会激起民愤。作者将情景搭建起来,只起了引子,就及时收笔,恰到好处。

丢在木牌下，看好那一帮喜气洋洋的男女走过桥来……

二

他叫王林，小河南岸龟渡王村人。

搞不清汉朝还是唐代，一位太子因为继位问题而遭到兄弟的暗杀，仓皇逃出宫来，黑灯瞎火奔窜到此，眼见后面灯笼火把，紧追不舍，面对突暴的河水，捶胸顿足，欲逃无路了。他宁可溺水一死，也不愿落入兄弟之手，于是眼睛一闭，跳进河浪里去。这一跳不打紧，恰好跌落在河水里一块石头上，竟没有沉。太子清醒过来，不料那石头漂上水面，浮游起来，斜插过河面，掠过屋脊高的排浪，忽悠忽悠漂到北岸。太子跳上沙滩，大惑不解，低头细看，竟是一只碾盘大小的乌龟，正吃惊间，那乌龟已潜入水中，消失了。

这个美妙的传说，仅仅留下一个"龟渡王"的村庄名字供一代一代村民津津有味地咀嚼，再没有什么稍微实惠的遗物传留下来，想来那位后来继承了皇位的太子，也是个没良心的昏君吧？竟然不报神龟救命之恩，在这儿修一座"神龟庙"或是一座"龟渡桥"，至少是应该的吧？又不会花皇帝自己的钱，百姓也可以沾沾光，然而没有。如果那位后来登极的皇子真的修建下一座桥，他就不会生出桥头收费的生财之道来了。王林在无人过桥的空闲时间里，在桥头的沙滩上踱步，常常生出些莫名其妙的想法。

告别白鸽

　　王林的正经营生是在沙滩上采掘沙石，出售给城里那些建筑单位，收取过桥费不过灵机一动的临时举措。春天一到，河水没了寒渗之气，过往的人就挽起裤管涉水过河了，谁也不想交给他一毛钱了。

　　他三十四五年纪，正当庄稼汉身强力壮的黄金年华，生就一副强悍健壮的身坯，宽肩，细腰，长胳膊长腿，一个完全能够负载任何最粗最重的体力劳动的农民。他耕种着六七亩水旱地，那是人民公社解体时按人口均等分配给他家的口粮田，一年四季，除了秋夏两季收获和播种的繁忙季节之外，有十个月都趴在沙滩上，挖掘沙石，用铁锨把沙石抛到一个分作两层的罗网上，滤出沙子，留下两种规格的石头，然后卖给那些到河滩来拉运石头的汽车司机，这是乡村里顶笨重的一条挣钱的门路了。三九的西北风在人的手上拉开一道道裂口，三伏的毒日头又烤得人脸上和身上冒油。在河滩干这个营生的村民，大都是龟渡王村里最粗笨的人，再找不到稍微轻松一点儿的挣钱门路，就只好扛起锨头和罗网走下沙滩来，用汗水换取钞票。庄稼人总不能在家里闲吃静坐呀！

　　捞石头这营生还不赖！王林曾经很沉迷于这个被人瞧不上眼的营生，那是从自家的实际出发的考虑。他要种地，平时也少不了一些需他动手的家务活儿，比如买猪崽和交售肥猪、拉粪施肥等，女人家不能胜任。这样，他出不得远门，像有些人出太原走广州贩运药材挣

> **人物形象**
> 作者对王林的外貌描写，突出了他的强壮和勤劳，是一个典型的庄稼汉形象。

> **人物形象**
> 与上文王林的外貌描写相匹配，他强壮的身体可以让他用汗水换取钞票。

大钱，他不能去，显然离不开。更重要的是，那种赚钱容易而赔光烂本儿也容易，说不定上当了，被人捉弄了，要冒大风险，而他没有底本钱，赚得起十回而烂不起一回呀！他脑子不笨，然而也不是环儿眼儿很多的灵鬼。他平平常常，和龟渡王十之八九的同龄人一样，没有显出太傻或太差的差别。他觉得自己靠捞石头挣钱，顶合宜了，一天捞得一立方沙石，除过必定的税款，可以净得四块钱，除过阴雨和大雪天气，一月可以落下一百多块钱。他的女人借空也来帮忙，一天就能有更多一点的收入。对于他来说，一月有一百多块钱的进项，已经心底踏实了。

在下河滩捞石头之前一年，他给一家私营的建筑队做普工，搬砖，和水泥砂浆，拉车，每月讲定六十元。他干了仨月，头一月高高兴兴领下五十二块（缺工四天），第二个月暂欠，工头说工程完毕一次开清。到工程完工后，那个黑心的家伙连夜携款逃跑了坑了王林一伙普工的工资。他们四处打听，得到的那位工头的住址全是假的，至今也摸不清他是哪里人。没有办法，他懊丧地背着被卷回到家里，第二天就下河滩捞沙石了。

我的老天爷！出笨力也招祸受骗，还有笨人捣鬼赚钱的可能吗？他经历了这一次，就对纷纷乱乱的城市生活感到深深的畏怯了。那儿没得咱挣钱的机会，河滩才是咱尽其所能的场合。

他有一个与他一样强悍的老婆，也是轻重活路不

环境描写

此处交代了王林为什么只在河滩出力气，同时也交代了社会背景。在社会转型时期，很多配套的法律政策还不完善，老实的乡民有可能被欺骗。

避、生冷吃食不计的皮实角色。他和她结婚的时候，曾经有过不太称心的心病，觉得她腰不是腰（太粗），脸不是脸（太胖），眼不是眼（太眯），然而还是过在一起，而且超计划生下了三女一男，沉重的生活负担已不容许他注视老婆的眉眼和腰腿的粗细了。他要挣钱，要攒钱。要积蓄尽可能多的人民币，越多越好，越快越好。土地下户耕种两三年，囤满缸流了，吃穿不愁了，可是缺钱。儿女都在中学和小学念书，学费成倍地增加了；儿子上了学前班，一次收费五块，而过去却是免费的。况且，女孩长大了，开始注意拣衣服的样式了，女孩比男孩更早爱好穿戴，花钱的路数多了。

　　他要挣钱攒钱。他要自己的女儿在学校里穿得体面。他心里还谋划着一桩更重要的大事，盖一幢砖木结构的大瓦房。想到在自家窄小破烂的厦屋院里，撑起三间青砖红瓦的大瓦房，那是怎样令人鼓舞的事啊！什么时候一想起来，就不由得攥紧镢头和铁锹的把柄，刨哇！铲哇！抛起的沙石撞击得铁丝罗网唰唰响。那镢头和铁锹的木把儿上，被他粗糙的手指攥磨得变细了，溜光了。

　　她的女人，扭着油葫芦似的粗腰，撅着皮鼓似的屁股，和他对面忙活在一张罗网前，挖啊刨啊，手背上擦着一道道被冷风冻裂的口子。他觉得这个皮实的女人可爱极了，比电影上那些粉脸细腰的女人实惠得多。他们起早贪黑干了一年，夫妻双方走进桑树镇的银行分行，

内容理解

公社解散以后，社会运行更有效率了，但随之而来的收费项目和收费数目也变多了。

内容理解

日益增长的物质需求让王林的目标单纯唯一，那就是挣钱、攒钱。

才有了那个浸润着两口子臭汗的储蓄本本。又一年,他们在那个小小的储蓄本上再添上了一笔。再干一年,就可以动手盖置新房了!一幢新瓦房,掐紧算计也少不得三千多元哪!

就在他和女人撅着屁股发疯使狠挖沙石的时候,多少忽视了龟渡王村里发生的种种变化。

春节过罢,阳气回升,好多户庄稼人破土动工盖置新房子。破第一镢土和上梁的鞭炮声隔三错五地爆响起来,传到河滩里来,那热烈而喜庆的"噼啪"声,撩拨得中年汉子王林的心里痒痒的,随风弥漫到沙滩里来的幽香的火药气味,刺激着他的鼻膜。终于有一天,他从河滩里走回村子,惊奇地发现,村子西头高高竖起一幢两层平顶洋楼。再几天,村子当中也冒起一座两层楼房来。又过了几天,一座瓦顶的两层楼房又出现在村子的东头。一月时间里,龟渡王村比赛摆阔似的相继竖起三幢二层楼房,高高地超出在一片低矮的庄稼院的老式旧屋上空,格外惹人眼目。

王林手攥铁锨,在罗网上用功夫,眼睛瞪得鼓鼓圆,不时地在自己心里打问:靠自己这样笨拙地挣钱,要撑起那样一幢两层洋楼来,少说也得十年哪!他开始怀疑自己的挣钱方式是不是太笨拙,太缓慢了?

太笨了,也太慢了!和沙滩上那些同样淘沙滤石的人比起来,他可能比他们还要多挣一点,因为他比他们更壮实,起得更早也歇得最晚。然而,与村子里那三幢

内容理解

在农村社会中,经济实力往往与社会阶层相关联。王林看到别人能够建起洋楼,而自己却困难重重,使他产生了对自己社会阶层的焦虑。他担心自己会因为经济上的落后而处于较低的社会阶层,无法享受到更好的生活资源和社会待遇,这种焦虑促使他反思自己的挣钱方式。

新式楼房的主人比起来，就不仅使人丧气，简直使他嫉妒了，尤其是在他星星点点听到人们关于三户楼屋主人光彩与不光彩的发财的传闻之后，他简直妒火中烧了。

他皱紧眉头，坐在罗网前，抽得烟锅吱啦啦响，心里发狠地想着，谋算着，发誓要找到一个挣钱多而又省力气的生财之道来。想啊谋啊！终于把眼睛死死地盯到闪闪波动着的小河河水里了。

一场西北风，把河川里杨树和柳树残存的黄叶扫荡干净了，河边的水潭里结下一层薄薄的麻冰，人们无法赤足下水了。王林早就等待这一场西北风似的，把早已准备停当的四腿马架和三块木板装上架子车，拉到小河边上来。他脱下棉裤，让热乎乎的双腿在冷风里做适应性准备，仰起脖子，把半瓶价廉的劣质烧酒灌下喉咙，就扛起马架下到刺骨钻心的河水里，架起一座稳稳实实的独木桥来⋯⋯

三

太阳升起在东原平顶上空碧蓝的天际，该是乡村人吃早饭的时候了。过往木桥的人稀少了，那些急急忙忙赶到城里去上班的工人和进城做工的农民，此刻早已在自己的岗位上开始工作了，把一毛钱的过桥费忘到脑后去了。那些赶到南工地农贸市场的男人和女人，此刻大约正在撕破喉咙召唤买主，出售自己的蔬菜、猪羊鲜肉和鸡蛋。没有关系，小小一毛钱的过桥费，他们稍许掐一下秤杆儿就赢回腰包了。他们大约要到午后才能交易完毕,然后走回小河来,再交给他一毛过桥费,走回北岸的某个村庄去。

他的老婆来了,手里提着竹篮和热水瓶。他揭开竹篮的布巾,取出一只瓷盘,盘里盛着冒尖的炒鸡蛋,焦黄油亮。他不由得瞪起眼来:"炒鸡蛋做啥?"

"河道里冷呀!"她说,"身体也要紧。"

她心疼他。虽然这情分使他不无感动,却毕竟消耗了几个鸡蛋。须知现时正当淡季,鸡蛋卖到五个一块,盘里至少炒下四五个鸡蛋,一块钱没有了。

"反正是自家的鸡下的,又不是掏钱买的。"老婆说,"权当鸡少下了。"

反正已经把生蛋炒成熟的了,再贵再可惜也没用了。他掰开一个热馍,夹进鸡蛋,又抹上红艳艳的辣椒,大嚼起来,瞅着正在给他从水瓶里倒水的老婆。她穿着肥厚的棉裤,头上包着紫色的头巾,愈发显得浑圆粗壮了。其实,这个腰不是腰、脸不是脸的女人心肠很好,对他忠心不贰,过日子扎实得滴水不漏。她给他炒下一盘鸡蛋,她自己肯定连尝也没尝过一口。

他吃着,从大衣口袋里掏出一把钱来,搁在她脚前的沙地上,尽是一毛一毛的零票儿和二分五分的镍质硬币:"整一下,拿回去。"

她蹲下身来,捡着数,把一张张揉得皱巴巴的角票儿捋平,十张一折,装进腰里,然后捡拾那些硬币。

人物形象

女人过日子扎实的特点以及她对家庭的付出,强调了夫妻感情在故事中的重要性。作者写女人这个次要人物体现了在当时艰苦的生活环境下夫妻间的相互扶持,也为整个故事增添了一丝温暖。

他坐在一块河石上，瞅着她粗糙的手指笨拙地码钱的动作，不慌不忙的神态，心里挺舒服。是的，每次把自己挣回来的钱交给她，看着她专心用意数钱的神态，他心里往往就涌起一股男子汉的自豪。

"这下发财啰！"

一声又冷又重的说话声，惊得两口子同时仰起头来，面前站着他的老丈人，她的亲人。

他咽下正在咀嚼的馍馍，连忙站起，招呼老丈人说："大！快吃馍，趁热。"

"我嫌恶心！"老丈人手一甩，眉眼里满是恶心得简直要呕吐的神色，"还有脸叫我吃！"

他愣住了，怎么回事呢？她也莫名其妙地闪眨着细眯的眼睛，有点生气地质问自己的亲大："咋咧？大！你有话该是明说！"

"我的脸，给你们丢尽了！"老汉撅着下巴上稀稀拉拉的山羊胡须，"收过——桥——费——！哼！"

王林终于听出老丈人发火的原因了。未及他开口，她已经说了："收过桥费又怎么了？"

"你不听人家怎么骂哩？土匪，贼娃子！八代祖宗也贴上了！"老汉捏着烟袋的手在抖，向两个晚辈人陈述，说小河北岸的人，过桥时被他的女婿收了费，回去愣骂愣骂！爱钱不要脸啊！他被乡党们骂得损得受不了，唾沫星儿简直把他要淹死了。他气恨地训斥女儿和女婿，"这小河一带，自古至今，冬天搭桥，谁见过谁收

内容理解

女婿和岳父的根本矛盾是观念的差异。传统的道德观念往往会与现代的经济利益追求产生冲突。王林收过桥费的行为是在经济压力下为了改善生活而采取的一种手段，而老丈人所代表的传统道德观念则强调无私奉献和不图回报。这种冲突反映了社会转型时期人们在价值观上的困惑和挣扎，以及传统价值观在现代社会中面临的挑战。

内容理解

老丈人的言论反映了农村社会中道德约束的力量，体现了农村社会独特的道德生态。

费来？你们也不想想，怎么拉得下脸来？"

"有啥拉下拉不下脸的！俺们搭桥受了苦，挨了冻，贴赔了木板，旁人白过桥就要脸了吗？"她顶撞说，"谁不想掏钱，就去河里过，我们也没拉他过桥。"

他也插言劝说："大呀！公家修条公路，还朝那些有汽车、拖拉机的主户收养路费哩！"

女儿和女婿振振有词，顶得老汉一时回不上话来，他避开女儿和女婿那些为自己遮掩强辩的道理，只管讲自己想说的话："自古以来，这修桥补路，是积德行善的事。咱有心修桥了，自然好；没力量修桥，也就罢了；可不能……修下桥，收人家的过桥费……这是亏人短寿的缺德事儿……"

他听着丈人的话，简直要笑死了，如若不是他的老丈人，而是某个旁人来给他讲什么积德行善的陈年老话，他早就不耐烦了；唯其因为是老丈人，他才没敢笑出声来，以免冒犯。他不由得瞅一眼女人，她也正瞅他，大约也觉得她大的话太可笑了。

"大！你只管种你的地，过你的日子，甭管俺。"女人说。王林没有吭声，让她和她的亲生老子顶撞，比他出面更方便些。他用眼光鼓励她。

"你是我的女子！人家骂你祖先我脸烧！"老汉火了，"你们挣不下钱猴急了吗？我好心好言劝不下，还说我管闲事了。好呀！我今天来管就要管出个结果！"

老汉说时，抢前两步，抓住那根写着"过桥收费壹毛"字样的木牌的立柱,"噌"的一下从沙窝里拔了起来,一扬手,就扔到桥边的河水里。他和她慢了一步,没有挡住,眼见着那木牌随着流水,穿过桥板,漂悠悠地流走了。现在脱鞋脱袜下河去捞,显然来不及了,眼巴巴看着木牌流走了、漂远了。

他瞅着那块漂逝的木牌,在随着流水漂流了五六十码远的拐弯的地方,被一块露出水面的石头架住了,停止不动了。他回过头来,老丈人不见了,再一看,哦!老丈人背着双手,已经走过小桥,踏上北岸的河堤了,那只羊皮黑烟包在屁股上抖荡。看来老丈人是专程奔来劝他们的,大约真是被旁人的闲言碎语损得招架不住了,要面子的人啊!他没有说服得下女儿女婿,愤恨地拔了牌子,气傀傀地走了。他看着老丈人渐渐远去的背影,终于没有开口挽留,一任老丈人不辞而别。

她也没有挽留自己的亲大,眼角里反而泻出一道不屑于挽留的歪气邪火,嘴里咕哝着:"大今日是怎么了?一来就发火!"

"大平日性情很好嘛!"他也觉得莫名其妙,附和妻子说,"自娶回你来,十多年了,大还没说过我一句重话哩!今日……好躁哇!"

"单是为咱们收过桥费这码小事,也不该发这么大的火,失情薄意的。"她说,"大概心里还有啥不顺心的事吧?"

"难说……难说……"他说不清,沉吟半晌,才说,

"好像人的脾气都坏了？一点小事就冒火……比如说今日早晨，有个家伙为交一毛钱的过桥费，居然拔出杀猪刀来…我也没客气！"

"可这是咱大呀！不比旁人……"她说。

"咱大也一样，脾气都坏了！"他说。

他说着，站起来，顺着河岸走下去，跷过露在浅水里的列石，把那块木牌从水面捞起来，又扛回桥头来。

他找到被老丈人拔掉木牌时的那个沙窝儿，把木牌立柱砍削过的尖头，重新插进沙地，再用脚把周围的虚沙踩实。她走过来，用自己穿着棉鞋的肥脚踏踩着，怕他一个人踩不结实似的。浸过水的木牌，又竖立起来啰！

四

北方的冬天，天黑得早，四点钟，太阳就压着西边原坡的平顶了，一眨眼工夫，暮云四合了。河川里的风好冷啊！

王林缩着脖子，袖着手，在桥头的沙地上踱步，只有遇见要过桥的人，他才站住，伸出手，接过一毛票儿，塞进口袋，便又袖起手，踱起步来。

他的心里憋闷又别扭，想发牢骚，甚至想骂人。他的老丈人不问青红皂白，劈头盖脑训了他一顿，骂了他一场，拔掉那个木牌扔到水里，然后一甩手走掉了。他是他的岳父大人，倚老卖老，使他开不得口，咬着牙任他奚落，真是窝囊得跟龟孙一样。更重要的是，老岳丈把小河北岸那些村子的闲言碎语传递到他的耳朵里来了，传进来就出不去了，窝在他的心里。

王林有一种直感，小河两岸的人都成了他的敌人！他们很不痛快地交给他一毛钱，他们把一毛钱的经济损失用尽可能恶毒的咒骂兑换回去了。他虽然明知那些交过钱的人会骂他，终究没有当面骂，耳不听心不烦。老丈人直接传递到他耳中的那些难听话，一下子捣乱了他的心，破坏了他的情绪，烦躁而又气恨，却又无处发泄。

一个倒霉鬼自投罗网来了。

来人叫王文涛，龟渡王村人，王林自小的同年伙伴。现在呢？实话说……不过是个乡政府跑腿的小干事。天要黑了，他到河北岸做什么？该不该收他一毛钱的过桥费？

收！王林断然决定，照收不误。收他一毛钱，叫他摆那种大人物的架势去。

"王林哥，恭喜发财！"王文涛嘻嘻笑着打招呼，走到他跟前，却不急于过桥，从口袋里掏出烟来，抽出一支递给他，自己也叼上一支，打起火来。

王林从王文涛手里接过烟，又在他的打火机上点着了。这一瞬间，王林突然改变主意，算了，不收那一毛钱了，人家奉献给自己一根上好的"金丝猴"，再难开口伸手要钱了。

王文涛点着烟，还不见上桥，叉开双腿，一只手塞进裤兜里，一只手捻着烟卷，怨怨艾艾地开口说："王林哥，你发财，让我坐蜡！你真……没良心呀！"

"你当你的乡干部，我当我的农民。咱俩不相干！我碍着你什么路了？"王林嘲笑说。

"是啊！咱俩本来谁也没碍过谁。想不到哇——"他从口袋里掏出一个信封，递上来，眼里滑过一缕难为情的神色，"你先看看这封信吧！"

王林好奇地接过信封，竟是报社的公用信封。愈加奇了，连忙掏出信瓤，从头至尾读下来。他刚读完，突然仰起脖子，仰着头，哈哈大笑起来，一脸是幸灾乐祸的神气。

在他给龟渡王村前边的小河上刚刚架起这座木板小桥的时候，王文涛给市里的报社写了一篇稿子，名叫《连心桥》，很快在报纸上刊登出来了。王文涛曾经得意地往后捋着蓄留得很长的头发，把报纸摊开在他的眼前，让他看他写下的杰作。在那篇通讯里，他生动地记述了他架桥的经过，"冒着刺骨的河水"什么的；激情洋溢地赞扬他舍己为人的崇高风格；末了归结为"富裕了的农民的精神追求"；等等。现在，报社给王文涛来信追查，说有人给报社写信，反映龟渡王村有人借一座便桥，坑拐群众钱财，要他澄清《连心桥》通讯里所写的事实有无编造？是否失实？如若失实或有编造成分，就要在报纸上公开检讨。这样，王文涛觉得弄下"坐洋蜡"的麻烦事了。

"怎么办呢？"王文涛被他笑得发窘了，"你挣钱，我检讨，你还笑……"

"这怪谁呢？"王林摊开双手，悠然说，"我也没让你在报纸上表扬我，是你自个胡骚情，要写。这怪谁呢？"

"你当初要是说明要收过桥费，我当然就不会写了。"王文涛懊丧地说，"我以为你老哥思想好，风格高……怎么也想不到你是想挣钱才架的桥……"

在刚架起小桥的三五天里，王林急于卖掉他堆积在沙滩上的石头，回去种挖过红苕的责任田的小麦，又到中学里参加了一次家长会，当他处理完这些缠手的家事，腾出身来要到桥头去收费的时候，王文涛的稿子已经上报了。这类稿子登得真快。王林当时看完报纸，送走王文涛，就扛着写着"过桥收费壹毛"的木牌走下河滩了。现在，王文涛抱怨他没有及早说明要收费的事，他更觉得可笑了，不无嘲讽地说："你想不到吗？哈呀！你大概只想到写稿挣稿费吧！给老哥说说，你写的表扬老哥架桥的稿子，挣得多少钱？"

王文涛腾地红了脸，支吾说："写稿嘛！主要是为党报反映情况……做党的宣传员……"

"好了好了好了！再甭自吹自夸了！再甭卖狗皮膏药了！想写稿还怕人说想挣钱，酸！"王林连连摆手，又突然梗梗脖子，"我搭桥就是想挣钱。不为挣钱，我才不'冒着刺骨的河水'搭桥哩！不为挣钱，我的这三块木板能任人踩踏吗？我想挣钱，牌子撑在桥头，明码标

> **内容理解**
> 王文涛最初写关于王林架桥的文章是基于他对王林行为的一种理想化解读，他认为王林架桥是一种舍己为人的崇高行为。

价，想过桥的交一毛钱；舍不得一毛票儿，那就请你脱袜挽裤下水去……老哥不像你，想挣钱还怕羞了口，丢了面子！"

"你也甭这么理直气壮，好像谁都跟你一样，干什么全都是为挣钱。"王文涛被王林损得脸红耳赤，又不甘服下这种歪理，"总不能说人都是爱钱不要脸吧？总是有很多人还是——"

"谁爱钱要脸呢？我怎么一个也没见到？"王林打断王文涛的话，赌气地说，"你为挣稿费，瞎写一通，胡吹冒撂，这回惹下麻烦了。你爱钱要脸吗？"

一个回马枪，直捣王文涛的心窝。王文涛招架不住，羞得脸皮变得煞白色了，嘴张了几张，却回不上话来。王林似乎更加不可抑制，从一旁蹦到王文涛当面，对着他的脸，恶声恶气地说：

"就说咱们龟渡王村吧！三户盖起洋楼的阔佬儿，要脸吗？要脸能盖起洋楼吗？先说西头那家，那人在县物资局干事，管着木材、钢材和水泥的供应分配。就这么一点权力，两层楼房的楼板、砖头、门窗，全是旁人免费给送到家里。人家婆娘品麻死了，白得这些材料不说，给送来砖头、门窗的汽车司机连饭也不管，可司机们照样再送。村中间那家怎么样？男人在西安一家工厂当基建科长，把两幢家属楼应承给大塔区建筑队了。就这一句话，大塔区建筑队给人家盖起一幢二层洋楼，包工包料，一分不取。你说，这号人爱钱要脸吗？还是党员干部哩!

"只有村子东头的王成才老汉盖起的二层洋楼，是凭自己下苦挣下的。老汉一年四季，挑着饸饹担子赶集，晚上压饸饹，起早睡晚，撑起了这幢洋楼，虽说不易，比一般人还是方便。咋哩？成才老汉的女婿给公家开汽车，每回去陕北出差，顺便给老丈人拉回荞麦来，价钱便宜，又不掏运费，那运费自然摊到公家账上了。尽管这样，成才老汉还算一个爱钱要脸的。

"可你怎么写的呢？你给报上写的那篇《龟渡王村庄稼人住上了小洋楼》的文章，怎么瞎吹的呢？你听没听到咱村的下苦人怎么骂你？"

一个回马枪，又一串连珠炮，直打得王文涛有口难辩，简直招架不住，彻底败阵。他有点讨饶讨好地说："你说的都不是空话。好老哥哩！兄弟不过是爱写点小文章，怎么管得了人家行贿受贿的事呢？"

"管不了也不能瞎吹嘛！"王林余气未消，并不宽饶，"你要是敢把他们盖洋楼的底细写出来，登到报纸上，才算本事！才算你兄弟有种！你却反给他们脸上贴金……"

王文涛的脸抽搐着十分尴尬，只是大口大口吸着烟，吐着雾，悻悻地说："好老哥，你今日怎么了？对老弟平白无故发这大火做啥？老弟跟你差不多，也是撑不起二层小洋楼……"

王林似乎受到提醒，是的，对王文涛发这一通火，

> **思想主题**
> 王林对村里人盖洋楼背后真相的揭露，深化了批判社会不公的主题。他指出一些人通过不正当手段盖起洋楼，而王文涛却对此进行美化，会引发读者对社会资源分配不均、权力腐败等社会不公现象的关注和思考，使作品具有一定的社会现实意义。

有什么必要呢?他点燃已经熄灭的纸烟,吐出一口混合着浓烟的长气。

"好老哥,你还是给老弟帮忙出主意,"王文涛友好地说,根本不计较他刚刚发过的牢骚,"你说,老弟该怎么给报社回答呢?"

"你不给他回答,他能吃了你?"王林说,"豁出来日后不写稿子了。"

王文涛苦笑着摇摇头。

"要不你就把责任全推到我头上。你就说,我当初架桥的目的就跟你写的一样,后来思想变坏了,爱钱不要脸了。"

王文涛还是摇摇头,试探着说:"老哥,我有个想法,说出来供你参考,你是不是可以停止……收过桥费?"

"门儿都没有!"王林一口回绝。

"是这样,"王文涛还不死心,继续说,"乡长也接到报社转来的群众来信,说让乡上调查一下坑拐钱财的事。乡长说,让我先跟你说一下,好给报社回答。让你停止收费,是乡长的意思……"

"乡长的意思也没门儿!"王林一听他传达的是乡长的话,反而更火了,"乡长自己来也没门儿。我收过桥费又不犯法。哼!乡长,乡长也是个爱钱不要脸的货!我早听人说过他不少七长八短的事了,他的爪子也是够长够残的!让他来寻找我吧!我全都端出来亮给他,叫他吃不了兜着走……"

告别白鸽

王文涛再没吭声，铁青着脸，眼里混合着失望、为难和羞愧之色，转过身走了。

王林也不挽留，甚至连瞅他一眼也不瞅，又在河石上坐下来，盯着悠悠的流水，吸着从自己口袋里掏出的低价纸烟。

脚步声消失了。王林站起来，还是忍不住转过身，瞧着王文涛走上河堤，在秃枝光杆的柳林里缓缓走去，缩着脖子。他心里微微一动，忽然可怜起这位龟渡王村的同辈儿兄弟来了。听说他写《连心桥》时，熬了两个晚上，写了改了好几遍，不过挣下十来八块稿费，临了还要被追究。他刚才损他写稿为挣钱的话，有点太过分了吧？

王文涛已经走下河堤，他看不见他的背影了。王林又转过身来，瞧着河水，心里忽然懊恼起自己来了。今日倒是怎么了？王文涛也没碍着自己什么事，为啥把人家劈头盖脑地连损带挖苦一通呢？村里那两家通过不正当手段盖小洋楼的事，又关王文涛屁事呢？乡长爪子长指甲残又关王文涛屁事呢？再回头一想，又关自己屁事呢？

他颓然坐在那块石头上，对于自己刚才一反常态的失控的行为十分丧气，恼火！

一个女人抱着孩子走过来，暮色中看不清她的脸，脚步匆匆。她丢下一毛钱，就踏上小桥，小心翼翼地移动脚步，走向北岸。

人物形象

从之前对王文涛的愤怒到现在的懊恼、丧气和恼火，王林的情绪发生了复杂的变化。他的愤怒是基于对王文涛不实报道和道德问题的不满，而现在的情绪则是对自己行为的不满和对整件事情的无奈。这种情绪的转变使人物形象更加真实丰满，展现了人性中复杂的一面。

> **思想主题**
>
> 王林的困境不仅是他个人的问题，也反映了社会中一些普遍存在的现象，如农村经济发展的困境、传统道德与现实利益的冲突等。如何平衡这些关系，是个巨大的课题。作者这样安排结尾，希望引发读者共同思考。

他的脚前的沙地上，有一张一毛票的人民币，被冷风吹得翻了两个过儿，卡在一块石头根下了。他久久没有动手拾它。

他瞅着河水，河水上架着的桥，桥板下的洞眼反倒亮了。他忽然想哭，说不清为什么，却想放开喉咙，痛快淋漓地号啕大哭几声……

1986年6月27日　白鹿园

第一刀

一

把两个副业组相继送出冯家滩，新任队长冯豹子腾出手来，按照队委会的计划，立即实施对三队生产管理制度的改革。一天也不敢拖延！阳坡上的麦苗已经泛了绿，时令眨眼就到春分了。

首先要改的，是鱼池、猪场、磨房、菜园以及"三叉机"（手扶拖拉机）的生产管理制度。这些单人单项活路，多年来社员意见最大，而又无可奈何：一来是因为单人独立的特定劳动环境，干部不可能跟着监督，干不干全凭良心；二来是能干这几种优越的工种的人，在冯家滩总是和大、小队的干部有着某种关系，大都有一定的来路，所以，干部历来也不管。社员只能在闲谝时撂几句杂话，"工分窝""敬老院"，说过也就过去了。

豹子和副队长牛娃分了工，分别先找这些人谈谈新的管理办法。俩人商量好谈话的原则：讲清新的管理办法，能接受，愿意干，欢迎继续干；不接受，不愿意干，决不勉强，队里另外寻人。

环境描写

作者对麦苗泛绿和时令的描写，营造出一种春天即将到来、万物复苏的氛围，也暗示着故事中的改革如同春天的生机一样，是一种顺应时势的行为，为下文队长冯豹子实施改革做了环境上的铺垫。

情节线索

这段文字直接挑明了故事的核心问题，即生产管理制度的不合理。社员们对这些问题长期存在既表示不满，却又无法解决，为下文冯豹子的改革行动创设了背景和必要性。

豹子和牛娃商量分工谈话对象，商量到最后一个——鱼池的管理人冯景荣老汉时，俩人都瞅着对方，不说话，都希望对方能承担起来。

豹子心里作难：冯景荣老汉是他二爸，自己亲门本族里的人，反倒难说话。

牛娃说："那老汉说话难听得很。我脾气又不好，三句话说崩了，不好收场。那是你二爸，对你说话，他总得拣拣字眼……"

还有什么可说的呢？豹子笑笑，就这么定了。他心里有句话没说出口：二爸对当了七年兵而没有穿上四个兜的穷侄儿，说话比对旁人更尖刻。和牛娃分手以后，豹子下河滩来了。

晌午的太阳已经很有热力。自流渠上沿的背阴处，尽管还有一坨一坨残雪夹在枯草上，而河堤上杨树和柳树织成的林带，已经现出一抹淡淡的鹅黄。春风毕竟吹到小河了。

豹子心劲很高，给自来水公司挖管道和到货运站装卸货物的两个副业组总算开工了。如果不出啥大问题，预计的收入是可以指靠的。一般不会出啥大问题。他心里踏实，副队长忍娃带着副业队，不要看年龄只有二十，他性格好，忍性大，甚至比豹子本人还要柔瓤。这样的人出门，是令人心地踏实的呢！

走过几畛已经解冻的稻田，自流渠的进水口旁边，就是三队那个永不产鱼的鱼池了。干枯的三棱草、长虫

> **人物形象**
>
> 从这里可以看出冯豹子是一个有干劲、有责任心的队长。他积极推动副业组开工，为生产队的收入考虑，展现了他作为队长的担当和对改善生产队经济状况的渴望。

草长得半人高，锈满了池沿儿，偶尔能看见几尾杂鱼在被阳光晒热了的水面上摆动。

人呢？管理鱼池的他的二爸呢？不见踪影。豹子走上河堤，一眼就瞅见，在防洪坝的向阳面，坐着一个人，旁边的草滩上，有两只羊在啃着干草。那坐着晒太阳兼放羊的人，肯定是二爸了。小伙子心里不由得蹿起一股火来，大步走去。

二

二爸睡得舒坦。他坐在一块平整的河石上，背靠着大坝的石料，脊背后和屁股下，垫靠着防洪时遗弃的烂稻草苫子；温柔的阳光抚平了老汉冬季里冻皱了的脸，眼睛安然地合闭着，修剪得很整齐的一溜短髭撅得老高，显示着熟睡者那种根深蒂固的自信和优越的神气，轻匀的鼾气从围在毛领当中的脖颈里涌起，通过薄薄的嘴唇放出来。沙地上走路没有声响，豹子走到二爸跟前，仍然没有惊醒这位酣睡的长者。那两只大奶羊，在荒草滩上啃嚼着刚刚冒出地皮的野苜蓿、刺蓟等早发的春草。

豹子想，怎么叫醒二爸呢？二爸是三队里少数几个家境优裕的长者中最会品麻的一个，大儿子大学毕业，分到西藏搞地质勘探，工资高，又很孝顺，经常有令左邻右舍羡慕的汇款单由乡邮员送到家里来。老汉经常在地头矜持地夸耀儿子的来信："回回来信都有

> **人物形象**
>
> 作者通过对二爸睡觉姿态和神情的细致描写，生动地刻画了二爸贪图安逸、自视甚高的形象。这些细节为下文他与冯豹子之间的矛盾冲突埋下了伏笔。
>
> **内容理解**
>
> 这段文字揭示了二爸的家庭背景以及他与其他社员在经济状况上的差异，进一步解释了他为何会有那种优越的神气。

一句,要保护身体,不要做重活!"可是老汉在三队里的乡信并不好。他对不能经常孝顺他的二儿子(那是个因为负担重、拖累大,而经常买不起盐和醋的农民),现在连话都不说了,比和乡邻的关系还僵。至于对扛了七年机枪而没有穿上四个兜的侄儿冯豹子,老汉压根就没放在眼里。文不成,武不就,最终归宿到冯家滩来抡镢头的年轻人,那是生就的庄稼坯子!顶没出息的人!

还是得叫醒他。要不,谁知他一觉要睡到什么时辰呢?豹子想:不管二爸为人如何,也不管人家怎么看待他,他现在管不了这些,也改变不了二爸几十年来的脾性。但是,二爸春天睡在这里晒暖暖,夏天躺在树荫下乘凉而挣取生产队劳动日的现状,是坚决不能再继续下去了。要改变管理办法,要使各种脾性的人,先进的或落后的,有良心的或没良心的,德行高的或德行低的,勤的或懒的,都统统纳进新的管理制度当中来,动起来!干起来!再不能半死不活地瘫痪下去了!

"二爸——"豹子坐下来,很有礼貌地叫。

老汉睁开眼,并不以为难堪,很自然地吟出一句:"噢!是豹娃。"一边揉着被太阳晒得发红的眼睛,一边扭头看看沙滩上的那两只羊,然后回过头,慢悠悠地在皮袄口袋里摸出烟袋来。

"鱼池现在还有鱼没?"豹子随随便便问。

"没有鱼,我看守啥哩?"二爸冷冷地顶。

告别白鸽

"大约有多少?"

"我也没下水数过!"

嗬呀,厉害!豹子被二爸顶得一时反不上话来。就凭这两句,二爸把任何一任企图过问鱼池管理状况的队长都碰得开不了口,而稳稳地坐在河边逍遥了六七年。原因呢?无非是二老汉的哥哥——豹子的亲爸,是党支部书记罢了。不看僧面看佛面,队长能避开支部书记而独立存在吗?

"有也好,没也好,过去的事了。"豹子放松口气,缓和一下气氛,"我今日来,想给你说,鱼池的管理,要改变法程。"

二老汉睁着警惕的眼睛,狐疑地瞅着豹子。

"包产。"豹子说,"超产奖励,减产……"

"减产扣罚我知道!"不等豹子说完,二爸就抢上话,冷冷地说,"我不干了。省得你给我头上挽笼套。"

二爸给豹子个下马威,揽不起。豹子忍着心火,说:"那好,你不干,那就省得我说了。"说罢,站起身来,准备走了。

"冯家门里出了你这个圣人!"二爸一见豹子要走,忽地跳起来,变了脸,"刚一上任,先在我头上开刀,真有本事!"

豹子有点始料不及,一看二爸闹事的架势,一下蒙了。他解释说:"二爸,你看,猪场、磨房、菜园,都要搞包产,咋能是对你开刀?"

> **内容理解**
>
> 冯豹子提出改革方案,二爸却坚决拒绝,他认为这是冯豹子在针对他。两人的立场和态度形成了鲜明的对比,使故事的冲突更加激烈。

"我早知道，有人气不平！"二爸喊说，"我不想受你的奖，也不想受你的罚！谁想在我头上拧螺丝，看把他的手跷了去！"

"没有人想整人。"豹子说，"你不管鱼池，没人强迫你；大田生产也要实行成本核算责任制；不操心、不出力的工分是不好挣了——"

"我不挣你那工分！"二爸声粗气壮，"我离了那几个烂工分，照样穿皮袄、抽卷烟、喝'西凤'！"

豹子憋得耳朵都要炸了。二爸这种以富压贫的欺人的口气，太残火了！想到自己刚上任，万事开头难，一气之下吵起来，会叫众人笑话的。势利而尖刻的二爸顾什么呢？

"那好！我另找人。"豹子说着，转身走了，走了两步，又回转身，"其实，你平心静气想想，包产以后，队里能增加收入，你也能增加收入。你再想想，到明天晌午开社员会之前，你要是愿意，还能成……"

豹子说罢，扯开腿走了，背后传来二爸尖酸的嘲弄侄子的声音。

三

经过不知多少回修修补补，村东头的这座"善庄庙"变得有些不伦不类了。古老的琉璃筒瓦中，掺杂着机械压制烘烧的红色机瓦，几根粗电线从山墙上穿壁而进，门里传出箩筐有节奏的呱嗒声。

环境描写

小说的情节有时需要变换很多场景。这段对"善庄庙"的描写就实现了场景的转换，将读者的注意力从鱼池转移到了电磨房。这种场景转换使故事的叙述更加丰富多样，避免了情节的单调。

告别白鸽

豹子走到门口，管电磨的磨工冯得宽，正把一斗加工着的麦子倒进去。豹子摇摇手，冯得宽点点头，把磨口的螺丝拧紧，就从磨台上跳下来。俩人走到一棵桑树下，电磨的声响不再震耳了。

看着得宽不住地扑闪着大眼，豹子开门见山提出关于电磨管理的意见，免得这个老诚人费心疑猜："得宽哥，咱们今年想对电磨的管理变个法程。"

"嗯！"得宽紧盯着他。那意思准是：怎么变呢？有利于他挣工分吗？眼神严肃极了。

"按实际加工粮食的数字计工。"豹子说，"磨多少斤一工分，还想听听你的意见。"

"那问题不大，队里不会亏待我。"实诚人很豁达，随后问，"白天黑夜磨下的都算数吗？"

"都算。"豹子很干脆，"那都是你劳动应得的。"

"那要是没人磨面时，我到队里上工行不？"

"欢迎。"

"好！"老诚人脸上露出开心的喜悦之情，"我欢迎队上这办法。"

"那就这样了。"豹子说完，站起身。

"不要着急走哇兄弟！"得宽拉住豹子的衣袖，按着他又圪蹴下来，有点为难地开了口，"豹子兄弟，让俺锁锁他妈管电磨，行不？"

豹子没料到，一点也没料到，得宽会提出让他婆娘管电磨的事，不好开口。

"她跟我这几年学会了，管起来没麻达。"得宽说，"我平时有个头疼脑热，就是她代我磨面。"

豹子忽然想，让得宽嫂子管电磨，倒是把得宽这个硬扎劳力解放出来了；出去了两个副业组，男劳力，特别是中年男劳力显得缺了，正好呀！在他高兴地这样盘算的当儿，老诚人却以为豹子不肯答应，诚恳地解释着让女人替他管磨子的原因：

"好我的兄弟哩！我上有二老，七十多了；下有三个娃娃，正上学；都靠我跟你嫂子下苦哩！每年的工分也倒不少，日子过得稀汤烂，工分不值钱嘛！说句丢脸话，两个老人，连一副寿材都没备下，万一……唉！娃娃上学，看见人家娃穿着塑料凉鞋，回家向我要，两三块钱的事，咱给娃买不起，还打娃屁股……"

老诚人眼里有泪花花在渗出来，声音发颤了，耿直而又热心肠的边防军的机枪班长——新任队长冯豹子，不敢看这位同辈老哥困顿愧疚的眼睛，也不忍心看他那强壮的体魄因伤心而颤动。此刻，年轻的队长把自己复员回来未婚妻变心的不愉快忘得干干净净了，一满是对中年长兄的同情和怜悯。

"唉唉唉！不怕你兄弟笑话，俺爸七十几岁了，要说吃啥穿啥，老人烟包包装的，是干棉花叶子……"老诚人双手捂住脸，指缝间流下一串串泪水珠儿。

豹子咬着牙，让即将溢出眼眶的泪水倒流回去，一股咸涩的细液从喉咙流进肚里去了。他说：

人物形象

这段情感描写生动地展现了冯豹子的善良和同情心。他对冯得宽的困境感同身受，反映了他作为队长不仅关心生产改革，也关心社员的生活疾苦。

"得宽哥，你的主意好。咱正缺劳力呢！"

得宽扬起头："我不怕出力！只要咱的老人和娃娃能跟旁人的老人和娃娃一样，我挣断筋骨都愿意。"

"得宽哥，你的情况我知道。"豹子说。

"唉！这样好，这样就好了！"得宽由衷地感叹，"电磨刚买回来那二年，就是按实际磨面的斤数计工，多劳多得。那年来了工作组，人家说我多挣了工分，是暴发户！好老天爷，比别人一年多挣一百来个劳动日，价值只有三五十块钱，能暴发多大？那还是咱没黑没明磨面挣下的……"

"不说了，得宽哥！"豹子劝，"就这么办了。"

"好好好！兄弟，你好好给咱三队扑腾，我帮你嫂子把电磨管好，让社员满意！"老诚人心实口直，自愿做保证，"你指到哪，我打到哪，咱有的是力气！"

豹子倒有点不好意思了，转身就走。

四

豹子回家来吃午饭，在街门口，看见二爸从门楼下出来。他自然收住脚，给气冲冲的二爸让开路，礼让长辈先出门。二爸背着手，长驱直出，连正眼瞅侄儿一眼也不瞅，走进街巷里去了。

豹子当下产生了一种猜测：二爸给父亲告状来了。

他听人议论，二爸在鱼池混工分、图逍遥的这多年里，某一年新任队长被社员的呼声所激愤，做出撤换二

情节线索

冯豹子和二爸之间的家庭关系很紧张。二爸对冯豹子的不满不仅体现在生产改革上，还延伸到了家庭层面，使两人之间的矛盾变得更加复杂和深入。冯豹子的猜测也为故事增加了悬念。

老汉的决定;二爸找过当支书的父亲,父亲又去找队长"做工作"……之后,二爸仍然逍遥在鱼池边的柳林中,社员干瞪眼瞅去!现在,又是来搬驾了吧?

母亲把饭菜端出小灶房,摆到里屋中的方桌上,父亲已经坐在那里了。

豹子在父亲对面坐下,大老碗里盛的是黄玉米糁子,搪瓷碟子里装着去年初冬窝下的酸菜。自从去年秋天收下玉米,一直到今年农历五月收下新麦,这一年当中的八个月里,冯家滩社员一日三餐,就是喝玉米糁子。有人说"以玉米为纲",更有人编出顺口溜来:"早饭喝糁糁,午饭糁糁喝,晚饭是玉米把皮脱。"而不买高价粮、能把糁糁喝到接上新麦的人家,就是令众人羡慕的优裕户了。

豹子不能对这种单调的饭食表示异议。一旦有不满意的情绪,爸爸就开始忆苦思甜,说在军队上给他把嘴惯得太馋了。

爸爸喝起饭来,声音很响,很长,像扯布。豹子刚端起碗,爸爸就停下筷子,问:"听说你要把猪场、鱼池下放给私人?"

"没有。"豹子说,"只是改变一下管理办法,猪场和鱼池都是队里的。"

"还不是把猫叫成咪吗?"

"包产,生产责任制,联产计酬。名字由人去叫好了。"豹子说,"关键是要调动起社员的生产积极性儿来。"

> **内容理解**
>
> 豹子强调改革的必要性,他认为传统的集体生产方式存在弊端,导致社员的生产积极性不高。而父亲则担心改革会带来风险,这种观点上的冲突使家庭内部在改革问题上的矛盾更加突出。

告别白鸽

"你不能再等一等吗？"爸爸的口气倒是商量着，真诚的。

"这个'大锅饭'，再不能吃下去了，爸。"豹子说，"干活时，你瞅我，我瞅你，单怕自己多出一点力；吃饭时，你瞅我，我瞅你，单怕自个儿少吃了一勺子！就是社员说的，灵人把笨人教灵了，懒汉把勤人教懒了！二十多年了，为啥大家都看见这样的管理制度混不下去，可又不能改变一下？"

爸爸苦笑一下，说："我眼也没瞎！一九七一年我在冯家滩推行了定额管理，热火了两年，批孔子那年，我就成了冯家滩的孔老二……"

"那你现在就该干了。"豹子表示理解父亲的难处，"现在形势好了嘛！"

"哼！"父亲冷漠地笑笑，"我想等全社都搞起来了，冯家滩再跟上搞。"

"那你等吧！"豹子说，"三队不等了。"

沉默。两股像扯布一样的喝玉米糁糁的声音，在方桌的这边和那边，此起彼伏，交替进行。

"就说我二爸管的鱼池吧！"豹子不能沉默，又引起话头，"我查了查账，七年里，队里给鱼池投放的鱼苗儿花了五百多块，喂鱼的麸皮成万斤，他本人一年三百六十个劳动日，按三毛算又是一百多块，七年就七百块，可是生产了多少鱼呢？除了送人情的没法计算以外，累年的实际收入不过三百块！"

内容理解

父亲的回忆表明他曾经也尝试过改革，却因为一些历史原因遭受了挫折。这段回忆解释了父亲对改革持谨慎态度的原因，也为故事增强了历史的厚重感。

149

爸爸脸上很平静，表明他并不是不了解这种状况，只是无奈罢了。他说："还是再等等。万事不要出头，枪打出头鸟。你二爸的事，我刚才给他说了，日后学勤快点儿。"

豹子想，二爸果然是"奏本"来了。未等他开口，一直恪守不干预朝政的母亲在旁边插上话："老二也太懒咧！懒得看不过眼！社员骂他，咱耳朵都发烧！叫我说，你就不该理他！"

爸爸轻轻"唉"了一声，对于这位不争气的亲兄弟的行为似乎有难言的苦衷。

豹子笑着对母亲说："管理办法有漏洞，把勤人放在那里，两年也就学懒了，何况二爸……"

"搞包产好。"爸爸平心静气说，"我当了二十多年干部，还分辨不来吗？"

"那就好。"豹子说，很高兴在这一点上，和父亲取得的一致。

"我看还是等等好。"父亲终于悄悄儿说出他的担心来，挺神秘，"听说县上和地委意见不统一，所以至今没有个定着。"

"让他们继续讨论好了。"豹子嘲笑地说，"那些至今把赘瘤当作神圣的优越性的官老爷，如果给他们停发工资，让他到冯家滩来挣一挣三毛钱的劳动日，吃一吃一日三餐的玉米糁加酸菜，再尝尝得宽他爸装在烟锅里的烂棉花叶子——烟草专家至今还没发现的新烟草的滋味，这个争论就该结束了……"

爸爸停下筷子，放下碗，没有再进行忆苦思甜的意思，长长嘘出一口气，庄重地瞅着儿子。

"我一天也不等，爸爸。"豹子说，"对渔场、猪场等生产管理办法的改变，这是割去赘瘤的头一刀。大田生产，紧接着也要搞责任制，还有第二刀、第三刀……"

五

按照事先的约定，豹子和牛娃今晚在豹子住的厦房碰头，交换各自分头工作的情况。

牛娃进来了，从兴奋的脸上豹子就看到了成果，放了心。

牛娃一进门，用力把手从上劈下，眉飞色舞："没问题，都接受了新管理办法！"

豹子听着，心里好畅快啊！瞧着和自己同年生的二牛，幼时割草念书形影不离的伙伴，耳前已经有发达的鬓毛串到下颌上头来了。二十六七岁了，还是光杆一条！这样壮实而又耿直的小伙子，在小河两岸稠密的乡村里，却找不下一个对象，全是一个穷字！

"豹子！菜园俩老汉，对咱的新规程，双手欢迎！猪场的冯来生，也欢迎，只是提出一条，要求把猪场东边那片荒地让他开了，作为饲料地……我看能成，反正那地荒着；他种点黑豆、苜蓿喂猪，可以降低成本……"

"给他！"豹子说，"开了那片荒地，给队里喂猪，这

情节线索

大家接受了新的管理办法，表明改革取得了阶段性的成功，为下文的故事发展奠定了基础。

有什么问题呢?降低成本,对他有利,对队里更有利!"

"我看,明天可以开社员会宣布了!"牛娃说,"只是你二爸一个人不接受,无关大局。想吃这碗菜的,有的是人。他二老汉不要胡拧刺!"

"对!"豹子很受鼓舞,"现在,咱俩把具体的方案再斟酌一下,明天就要拿出去……"

这当儿,门里悄没声儿地走进一位老年妇人来。豹子一拧回头,噢,是二娘啊。豹子赶紧从凳子上站起,让二娘坐。二娘是个贤明而温和的长辈,豹子很尊重她的。

二娘手扣着手,拘谨地搭在胸前,顺炕站着,有点不好意思地瞅瞅豹子,又瞅瞅牛娃,终于选择好开口的词句:"你俩娃正忙工作,我只说一句话就走。你二爸……让我给你回句话,说他愿意按新法程……管鱼池。"

豹子笑了,和蔼地对二娘说:"那就好么!"

牛娃和婶婶耍笑,带着挖苦:"二婶,我不同意。二叔早起话说绝了啊,怎么这会儿又'爬后墙'?"

"你不要和那个老二杆子计较。"二娘笑着回话,"那老二杆子一辈子说话不让人,把人伤完了。"

"不行!"牛娃继续逗二娘,"让二叔自己来说。"

"算咧!"二娘乞求。

"不行!"牛娃更强硬。

"那……那我去叫他!整整他那个瞎脾气……也

情节线索

二爸态度的转变是情节的一个重要转折,不仅缓解了家庭内部的矛盾,也为改革的顺利实施提供了有利条件。这一情节使故事朝着更加积极的方向发展。

该！"二娘很认真，转身就要出门。

牛娃突然爆发出一声大笑，拉住婶子，按她坐在炕沿上，说："好二婶，我和你说句耍话，你说了就对咧！"

二娘虽然受了牛娃的耍笑，反倒放心地笑了。

"你倒是说说，二叔怎么又接受了'包产'办法呢？"牛娃问，"他不是吹说不想挣这烂工分吗？"

"听他胡吹！"二娘一下上了气，"成天写信给娃要钱！娃在西藏也有一大家子人口，吃用又贵，整得娃的日子也紧紧巴巴……"

"二叔那人，自己手里有了俩馍，就在叫花子面前晃呢！"牛娃挖苦说，"要是咱的劳动日价值今年涨到一块，看他在三队还晃得起来？"

豹子一直插不上话，面前是贤明的长辈二娘呀。他怕二牛图了一时痛快，无节制地继续说下去，伤了老人的感情，总不好喀！他扶着二娘的胳膊，说："你给二爸说，行了。"就送她出了门。

俩人重新坐下，豹子深情地瞅着二牛。

二牛不好意思了，瞪起眼："你瞅我，认不得我吗？"

豹子会心一笑："你是个大学问家呢！"

二牛倒忸怩起来："你怎么也学会酿制人了？"

"不是。"豹子挺认真，"你刚才点破了一条真理！"

"啥？"牛娃子一听，自己也吃惊了。

"你说，要是咱的劳动日价值涨到一块，俺二爸手里那俩馍，就在穷人面前晃不成了！这很对，对极

思想主题

豹子的这句话点明了文章主题,道出了改革的目的。他意识到改革不仅是为了提高生产效率,也是为了改变社员之间的经济地位差异,让大家都能过上更好的生活,体现了改革的深层目的和意义。

了!"豹子说,"咱们今年要做的事情,就是把大伙从贫穷中解放出来,再不要因穷困愁眉结肠了!让社员腰硬起来,腰粗气壮地活人!"

牛娃听了,眼里射出异样的光芒,笑着说:"我居然说出了一条真理!我是块正经料啊!可惜!可惜!可惜没有一个姑娘认得咱这块料……哈哈……"

豹子也哈哈笑了,重重地在牛娃坚实的肩头砸了一拳:"说正经事吧!"

1980年10月 灞桥

蚕 儿

从已经开花的粗布棉袄里撕下一纥绁棉花，小心地撕开，轻轻地扯大，把那已经板结的棉套儿撕扯得松松软软，摊开，再把铜钱大的一块缀满蚕子儿的黑麻纸铺上，包裹起来，装到贴着胸膛的内衣口袋里，暖着。在老师吹响的哨声里，我慌忙奔进由关帝庙改成的教室，坐在自个从家里搬来的大方桌的一侧，把书本打开。

老师驼着背，从油漆剥落的庙门口走进来，站住，侧过头把小小的教室扫视一周，然后走上搬掉了关老爷泥像的砖台。教室里顿时鸦雀无声，只有我的邻桌小明儿的风葫芦嗓门里，发出吱吱吱的出气声。

"一年级写大字，三、四年级写小字，二年级上课。"

老师把一张乘法表挂在黑板上，用那根溜光的教鞭指着，领我们读起来：

"六一得六……"

我念着，偷偷摸摸胸口，那软软的棉团儿，已经被身体暖热了。

"六九五十四。"

胸口上似乎有毛毛虫在蠕动，痒痒儿的，我想把那

> **人物形象**
>
> 开篇就是细致的动作描写，生动地展现了孩子为保护蚕子儿所做的努力，体现了孩子对蚕儿的珍视。

人物形象

"我"迫不及待地查看蚕子儿是否出壳，体现了"我"对蚕儿的期待。这种期待的背后是孩子的好奇心和对生命成长的渴望。

棉团掏出来。瞧瞧老师，那一双眼睛正盯着我，我立即挺直了身子……

难以忍耐的期待中，一节课后，我跑出教室，躲在庙后的房檐下（风葫芦说蚕儿见不得太阳）绽开棉团儿。啊呀！出壳了！在那块黑麻纸上，爬着两条蚂蚁一样的小蚕，一动也不动。两颗原是紫黑的蚕子儿变成了白色，旁边开着一个小洞。我取出早已备好的小洋铁盒，用一根鸡毛把小蚕儿粘起来，轻轻放到盒子里的蒲公英叶子上。再一细看，有两条蚕儿刚刚咬开外壳，伸出黑黑的头来，那多半截身子还卡在壳儿里，吃力地蠕动着。

"咏咏……"上课的哨儿响了。

"二年级写大字……"

写大字，真好啊！老师给四年级讲课了。我取出仿纸，铺进影格，揭开墨盒……那两条小蚕儿出壳了吧！出壳了，千万可别压死了。

我终于忍不住，掏出棉团儿来。那两条蚕儿果然出壳了，又有三四条咬透了外壳。我取出鸡毛，揭开小洋铁盒。风葫芦悄悄蹿过来，给我帮忙。拴牛也把头挤过来了……

哐的一声，我的头顶挨了重重的一击，眼里直冒金星，几乎从木凳上翻跌下去。教室里立时腾起一片笑声。我看见了老师，背着的双手里握着教鞭，站在我的身后。慌乱中，铁盒和棉团儿都掉在地上了。我忍着头顶上火烧火燎的疼痛，眼睛仍然偷偷瞄着扣在地上的铁盒。

老师的一只大脚伸过来，从我的木凳旁边伸到桌子底下去了。一下，踩扁了那只小洋铁盒；又一脚，踩烂了包着蚕子儿的棉团儿……我立时闭上眼睛，那刚刚出壳的蚕儿啊……

老师又走回四年级那第一排桌子的前头去了。教室里静得像空寂的山谷。

放学了，我回到家里，一进门，妈就喊："去，给老师送饭去！"

又轮着我们家管饭了。我没动，也没吭声。

"噢！像是受了罚！"妈妈看着我的脸，猜测说，"保准又是贪耍，不好好写字！"

我仍然立在炕边，没有说话。

妈妈顺手摸摸我额头上的"毛盖儿"，惊奇地睁大了眼睛："啊呀，头上这么大的疙瘩？"她拨开头发，看着，叫着，"渗出血了！这先生，打娃打得这样狠！头顶上敢乱打……"

我的眼泪流下来了。

"不打不成才！"父亲在院子里劈柴，高声说，"学生哪有不挨板子的？"

妈妈叹口气："给老师送饭去。"

"我不去！"

"去！"父亲威严地命令，"老师在学堂，就是父母，

语言赏析

两个连续的动作描写简洁而有力，"踩扁"和"踩烂"两个极具破坏性的动作冲击了"我"的心灵，使"我"闭上眼睛，不忍看死去的蚕儿。蚕儿在文中象征着孩子们的好奇心、希望和对美好的向往。老师踩扁蚕盒和棉团儿的行为，可以看作是对孩子们纯真心灵的一种伤害。这种教育方式压抑了学生的个性发展。

打是为你学好！"

我一手提着装满小米稀饭的陶瓷罐，一手提着竹篮，竹篮里装着雪白的蒸馍、菜碟、辣碟，走出了街门。这样白的馍馍，我大概只有在过年过节时才能尝到的。进了老师住的那间小房子，我鞠了躬，把罐和竹篮放到桌子上，就退出门来，站在门外的土场上等，待老师吃完，再去取……

"来！"从小房里发出一声传呼，老师吃完了。

我进了小房，去收拾那罐儿碟儿。

老师挡住我的手，指着花碟子，说："把这些东西带回去，不准丢掉……"

我一看，那盛过咸菜的花碟里，扔着一块馍，上面夹着没有揉散的碱面团儿；另有稀饭中的一个米团儿，不过指头大，也被老师挑出来。我立时觉得脸上发烧，这是老师对管饭的家长最不光彩的指责……

妈妈看见了，一下子跌落在板凳上，脸色羞愧极了。

父亲瞅着，也气得脸色铁青，一把抓起"展览"着碱团儿和米团儿的花碟子，一扬手，摔到院子里去了。

后晌上学的时候，风葫芦在村口拉住我，慷慨地说："我再给你一块蚕子儿！"

我心里冷得很："不要咧！"

"咋咧？"

"我不想……养蚕儿咧！"

没过几天，学校里来了一位新老师，分了班，把

内容理解

蚕儿被毁灭这一经历给"我"带来了极大的心理创伤。老师的严厉打击让"我"感到恐惧和羞愧，使"我"对养蚕这件事产生了负面的情绪，对蚕子儿产生了抵触情绪，不愿意再去触碰那些曾经给自己带来痛苦的东西。

告别白鸽

一、二年级分给新来的老师教了。

他很年轻，穿一身列宁式制服，胸前两排大纽扣，站在讲台上，笑着给我们介绍自己："我姓蒋……"说着，他又转过身，从粉笔盒儿里捏起一节粉笔，在木头黑板上，端端正正写下他的名字，说："我叫蒋玉生。"

多新鲜啊！往常，同学们像忌讳祖先的名字一样，谁敢打问老师的姓名啊！四十来个学生的初级小学，只有一位老师，称呼中是不必挂上姓氏的。新老师一来，自报姓名，这种举动，在我的感觉里，无论如何算是一件新鲜事。他一开口，就露出两只小虎牙，眼睛老像是在笑："我们先上一节音乐课。你们都会唱什么歌？"

大家你看看我，我看看你，没有人回答。我们啥歌也不会唱，从来没有人教我们唱歌。我只会哼母亲教给我的那几句"绣荷包"。

蒋老师把词儿抄在黑板上，就领着唱起来：

"解放区的天是晴朗的天……"

没有丝毫音乐训练的偏僻山村的孩子，一句歌词儿，怎么也唱不协调。我急得张不开口，喉咙里像哽着一团什么东西，无端地落下一股泪水。好久，在老师和同学的歌声中，哽在喉咙里的硬团儿，渐渐融化了，心里清爽了，张着嘴，唱起来：

"解放区的天是晴朗的天……"

我爬上村后那棵老桑树，摘了一抱最鲜最嫩的桑叶，扔给风葫芦，就往下溜，慌忙中，松了手，摔到地

人物形象

传统的教育观念强调教师的权威性和学生的服从性，而新的教育观念则更加注重学生的个性发展和师生之间的互动。新老师的行为体现了这种转变，他希望通过与学生的平等交流和互动，激发学生的学习兴趣和主动性，培养他们的独立思考能力和创新精神。

内容理解

虽然一开始我张不开口去唱，但蒋老师和同学的歌声给予了"我"一种安全感和归属感，让"我"逐渐克服了内心的障碍，使哽在喉咙里的硬团儿渐渐融化，最终能够开口唱歌了。

上，半天爬不起来，嘴里咸腻腻的，一摸，擦出血了，烧疼烧疼。

"你俩干什么去了？"蒋老师吃惊地说。

我俩站在教室门口，低下头，不敢吭声。

"脸上怎么弄破了？"他走到我跟前。

我把头勾得更低了。

他牵着我的胳膊朝他住的小房子走去。这回该吃一顿教鞭了！我想，他不在教室打，关在小房子打起来，没人看见……

走进小房子，他从桌斗里翻出一团棉花，撕下一块，缠在一根火柴棒上，又在一只小瓶里蘸上红墨水一样的东西，就往我的脸上涂抹。我感到伤口又扎又疼，心里却有一种异样的温暖。他那按着我的头顶的手，使我想到母亲安抚我的头脸的感觉。

"怎么弄破的？"他问。

"上树……摘桑叶。"我怯生生地回答。

"摘桑叶做啥用？"他似乎很感兴趣。

"喂蚕儿。"我也不怕了。

"噢！"他高兴了，"喂蚕儿的同学多吗？"

"小明，拴牛……"我举出几个人来，"多咧！"

"你养了多少？"

"我……"我忽然难受了，"没养。"

"那好。"他不知我的内情，喜眯眯的眼睛里，闪出活泼的好奇的光彩，"你们养蚕干什么？"

人物形象

蒋老师的一系列行为，如翻出棉花、撕下一块缠在火柴棒上、蘸东西往脸上涂抹等细节动作，生动地展现了他为"我"处理伤口的过程，体现了老师对学生的关心和爱护。"我"也因此感受到了母亲般的温暖。

告别白鸽

"给墨盒儿做垫子。"我说着话又多了,"把蚕儿放在一个空盒里,它就网出一片薄丝来了。"

"多有意思!"他高兴了,拍着手,"把大家的蚕养在一起,搁到我这里,课后咱们去摘桑叶,给同学们每人网一张丝片儿,铺墨盒,你愿意吗?"

"好哇!"我高兴地从椅子上跳下来。

于是,后晌,他领着我们满山满沟跑,采摘桑叶,有时候,他从坡上滑倒了,青草的绿色液汁沾到裤子上,也不在乎。他说他家在平原上,没走过坡路。

初夏的傍晚,落日的余晖里,霞光把小河的清水染得一片红。蒋老师领着我们,脱了衣服,跳进水里打泼刺,和我们打水仗。我们联合起来,从他的前后左右朝他泼水。他举起双手,闭着眼睛,脸上蹿下一股股水来,佯装着求饶的声调,投降了……

这天早晨,我和风葫芦抱着一抱桑叶,刚走进老师的房子,就愣住了。

老师坐在椅子上发呆,一副悔恨莫及的神色,看见我俩,轻声说:"我对不起你们!"

我莫名其妙,和风葫芦对看一眼。

"老鼠……昨晚……偷吃了……蚕!"

我和风葫芦奔到竹箩子跟前,蚕少了!一指头长的又肥又胖的蚕儿,再过几天该网茧子了。可憎的老鼠!

风葫芦表现得很慷慨:"老师,不要紧!我从家里再拿来……"

内容理解

蒋老师组织这样的实践活动来丰富学生的课余生活,让学生在实践中学习和成长,这是培养学生核心素养的有效手段。

人物形象

蒋老师应该来自大城市,有着良好的教育背景,所以他才能有这么先进的教育理念。他把他的才华和爱心奉献给了乡村的教育事业。

语言赏析

师生戏水的场面让人想起《论语》中《侍坐》篇曾皙的话:"浴乎沂、风乎舞雩、咏而归。"人与自然、人与人的关系都是和谐的,而和谐就是美。这本身就是美育。

> **人物形象**
>
> 　　这种态度传达了一种正确的教育价值观，即注重学生的亲身参与和体验，让学生明白通过自己的努力和付出所获得的成果才是最有价值的，而不是依赖他人或现成的东西，培养学生的责任感和成就感。蒋老师的态度和做法相较于某些教育者注重成果展示，甚至为了展示而弄虚作假，要高明太多。

> **人物形象**
>
> 　　蒋老师的这种表现体现了他对教育工作的热爱和对学生的深情。他将学生养蚕的成果视为非常珍贵的东西，反映出他在教育过程中注重与学生的情感交流和共同成长，把学生的进步和成就当作自己的快乐源泉。

　　老师苦笑一下，摇摇头。

　　我心里很难受。我不愿意看见那张永是笑呵呵的脸膛变得这样苦楚，就急忙给老师宽解："他们家多着哪！有好几竹箩！"

　　"不是咱们养的，没意思。"他站起来，摇摇头，惋惜地说。

　　三天之后，有两三条蚕儿爬到竹箩沿儿上来，浑身金黄透亮，扬着头，摇来摆去，斯斯文文的，像吟诗。风葫芦高兴地喊："它要网茧儿咧！"

　　老师把他装衣服的一个大纸盒拆开，我们帮着剪成小片，又用针线串缀成一个一个小方格，把那已经停食的蚕儿提到方格里。

　　它想网蚕茧儿。我们把它吐出的丝儿压平；它再网，我们再压，强迫它在纸格里网出一张薄薄的丝片来……

　　陆续又有一条一条的蚕儿爬上箩沿儿，被我们提上网架。老师和我们，沉浸在喜悦的期待中。

　　"我的墨盒里，就要铺一张丝片儿了！"老师高兴得按捺不住，像个小孩，"是我教的头一班学生养蚕网下的丝片儿，多有意义！我日后不管到什么地方，一揭墨盒，就看见你们了……"

　　第二天，早饭后，上第一节课了。他走进教室，讲义夹上搁着书本，书本上搁着粉笔盒，走上讲台，和往常一模一样。我在班长叫响的"起立"声中站起来，一眼看见，老师那双眼睛里有一缕难言的痛楚。

告别白鸽

他站在讲台上，却忘了朝我们点头还礼，一只手把粉笔盒儿也碰翻了，情绪慌乱，说话结结巴巴："同学们，我们上音乐课……"

怎么回事啊？昨天下午刚上过音乐课，我心里竟然不安起来，似乎有一股毛躁的情绪从心里蹿起。老师心里有事，太明显了。

老师勉强笑着："我教，你们跟着唱：'春风，吹遍了原野……'"

我突然看见，刚唱完一句，他的眼角淌下一股泪水，立即转过身，用手抹掉了；然后再转过身来，颤着声，又唱起来："春风，吹遍了原野……"

我闭了口，唱不出来了。风葫芦竟然哇的一声哭了。教室里，没有一个人应着唱。

"我要走了，心想给大家留下一支歌儿……"他说不下去了，眼泪又蹿下来，当着我们的面，甩手绢擦着，提高嗓音，"同学们，唱啊！"

他自己也唱不出来了，勉强笑着，突然转过身，走出门去了。

我们一下子拥出教室，挤进老师窄小的房子，全都默默地站着。

他的被卷和书籍，早已捆扎整齐。他站在桌边，强笑着，说："我等不到丝片儿网成了。你们……把蚕箔儿……拿回家去吧！"说罢，他提起网兜，背上被卷。

我们从他手中夺过行李，走出小房。对面三、四年

人物形象

即使在将要离开的时刻，蒋老师仍然心系学生，希望通过唱歌的方式与学生进行最后的互动，延续自己的教育情怀。他的行为体现了一位教师对学生的责任感和使命感，即使面临离别，也希望给学生带来积极的影响。

思想主题

村子里的议论，包括父亲在大槐树下和老汉们的言论，以及盘踞在小庙里的老师的态度，构成了一种乡村舆论环境。就是这种舆论送走了蒋老师，反映出乡村社会对新事物的保守态度限制了教育的发展。而"我"在这件事中获得了成长，开始观察和审视社会了。

情节线索

随着时代发展，蒋老师的理念和教法被普及开来，蒋老师也成了优秀教师。

级的小窗台上，露出一个一个小脑袋。一声吓人的斥责声响过，全都缩得无影无踪了。

我的心猛一颤，还得回到驼背的那个教室里去吗？

走出庙院了。走过小沟了。眼前展开一片开阔的平地，我终于忍不住，问："蒋老师，为啥要走呢？"

蒋老师瞧着我，淡淡地说："上级调动。"

"为啥要调动呢，你刚来！"风葫芦问。

老师走着，紧紧闭着嘴唇，不说话。

我又问："为啥不调动驼背？"

蒋老师看看我，又看看风葫芦，说："有人把我反映到上级那儿，说我把娃娃惯坏了！"

我迷蒙的心里透出一条缝儿，于是就想到村子里许多议论来。乡村人看不惯这个新式先生，整天和娃娃耍闹，没得一点儿先生的架势嘛！自古谁见过先生脱了衣裳，跟学生在河里打水仗？失了体统嘛！我依稀记得，我的父亲说过这些话，在大槐树下和几个老汉一起说。那个现在还不知姓名的盘踞在小庙里的老师，也在村里人中间摇头摆手……他们却居然不能容忍孩子喜欢的一位老师！

三十多年后的一个春天，我在县教育系统奖励优秀中小学教师的大会上，意外地握住了蒋老师的手。他的胸前挂着"三十年教龄"纪念章，金光给他多皱的脸上增添了光彩。

他向我讨要我发表过的小说。

告别白鸽

我却从日记本里给他取出一张丝片来。

"你真的给我保存了三十年？"他吃惊了。

哪能呢！我告诉他，在我中学毕业以后，回到乡间，也在那个拆掉古庙新盖的小学里教书。第一个春天，我就记起来该暖蚕子儿了。和我的学生一起养蚕儿，网一张丝片，铺到墨盒里，无论走到天涯海角，都带着我踏上社会的第一个春天的情丝……

老人把丝片接到手里，看着那一根一缕有条不紊的金黄的丝片，两滴眼泪滴在上面了……

1982年1月　灞桥

内容理解

学生成长为有成就的作家，足以令老师自豪。而"我"受到蒋老师的影响，将他的教育方式和对学生的关怀延续下去，则真正令老师感动。

语言赏析

一根一缕如一弦一柱，让人怀念华年。丝片承载着老师和学生们的共同回忆，看到丝片就仿佛看到了曾经和学生们一起养蚕的时光，这种回忆引发了他内心深处的情感。